米娅"圆梦"系列

- VOGLIO FARE LA GIORNALISTA -

我想当个小记者

[意大利] 保拉·扎诺内尔/著

王心哲 张 密/译

花城出版社

中国·广州

图书在版编目（CIP）数据

我想当个小记者 /（意）保拉·扎诺内尔著；王心哲，张密译. -- 广州：花城出版社，2023.6
（米娅"圆梦"系列）
ISBN 978-7-5360-9569-4

Ⅰ. ①我… Ⅱ. ①保… ②王… ③张… Ⅲ. ①长篇小说－意大利－现代 Ⅳ. ①I546.45

中国国家版本馆CIP数据核字(2023)第104845号

版权合同登记号：图字：19-2020-130号
VOGLIO FARE LA GIORNALISTA by Paola Zannoner
World copyright © 2011 DeA Planeta Libri S. r. l. , Novara, www. deaplanetalibri. it
本书中文简体版专有出版权经由中华版权代理有限公司正式授权

出版人：张 懿
责任编辑：揭莉琳　欧阳佳子
责任校对：衣　然
技术编辑：凌春梅
插　　画：黄沛云
装帧设计：迟迟工作室

书　名	我想当个小记者
	WO XIANG DANG GE XIAO JIZHE
出版发行	花城出版社
	（广州市环市东路水荫路11号）
经　销	全国新华书店
印　刷	深圳市福圣印刷有限公司
	（深圳市龙华区龙华街道龙苑大道联华工业区）
开　本	880毫米×1230毫米　32开
印　张	9.25　5插页
字　数	170,000字
版　次	2023年6月第1版　2023年6月第1次印刷
定　价	62.00元

本书中文专有出版权归花城出版社独家所有，非经本社同意不得连载、摘编或复制。
如发现印装质量问题，请直接与印刷厂联系调换。

购书热线：020-37604658　37602954
花城出版社网站：http://www.fcph.com.cn

这个世界既不美丽也不丑陋,只是变化多端。
这就是这个世界值得被描绘的原因。

序言

我的罗莎姑奶奶经常说:"世界不完美,所以才显得美丽。"

直到最近,我依旧认为这是至理名言。我小时候不知道"多种多样"和"不完美"的区别,但当我发现的时候,我认为这个天才姑奶奶是一位真正的存在主义者!一个情绪朋克乐手!甚至像一位哲学家。

其实不然!

罗莎姑奶奶认为,不完美是吝啬的意思。世界因吝啬而美丽,就是她在嘲笑自己的说法,说实话,有点过时了,因为她已经重复了很多年。了解姑奶奶的都知道,她一点儿也不小气,相反,我觉得姑奶奶是个挥霍者。但姑奶奶想,如果世界像她那样挥霍无度,那就没有什么东西可以观看、理解或学习啦。所以,世界就变得吝啬,人们会慢慢发现世界隐藏着的和令人惊讶的一面,那就是我们周围的人和现实。

而我,发现的是世界"不完美"的那个版本,而这是人们经常听到的内容:多么悲伤,多么糟糕,以及周围有多少人是无赖和恶棍!这个世界看起来像明亮的红苹果一样美丽、闪亮、完美,但它有蛀虫。但正是因为有蛀虫,世界才如此美丽,否则它便失去了味道——人们生活在美丽的天堂,没有特别的情感,没有心灵的涟漪,那里的谈话甚至不涉及时间,总是美妙灿烂。这可能就是夏娃在伊甸园摘带有蛀虫的苹果的原因。世界不完美,所以才显得美丽。

我需要所有这些前提来解释我对讲述某一领域的热情。

接下来我会按时间顺序叙述。

我是一个十四岁的女孩,非常喜欢写作。这点尽人皆知。

我甚至上过一所学当作家的暑期学校,毕业时获得了精美的证书和一本书,里面收入我的一篇短篇小说。这不是一件小事,相反,正如我的哥哥贝尔尼所说,这是一件大事。

我想写作,这就是一切。但我写些什么?好吧,简单,我对自己说:"一本精彩的幻想小说!"

于是,我开始奋笔疾书,讲述一个非常冒险的故事。一个有魔法的女侠能从月光中汲取力量,在满月之夜就能拥有巨大魔力,她非常美丽,非常强大,但她在白天却显得平平无奇。由于这个能力,她成功击败了许多敌人,只有一个封闭在地下漏斗塔中的强大巫师除外,他能够从地球的岩浆中汲取力量。总之,在我看来,这是一个非常有效的、原创的且情节饱满的故事,邪恶与善良不断碰撞,出现了一系列象征符号,例如日夜、天地、光影等。

我在想让谁先读一下我故事的前几页,以得到一个客观公平的评判:找我的男朋友肖恩?我的第一反应是这样的,甚至他的号码已经出现在电话显示屏上了,而我转念又想:如果他不喜欢呢?那我们就会争论不休,我承认自己会跟肖恩争吵,那是因为他从不生气,至少对我是这样。怎么办?啊!我不知道!可能因为他是英国人,众所周知,英国人的处事方式非常复杂。哎呀!我意识到自己已经陷入了一种程式化的印象,而这是肖恩完全不喜欢的,也是他会生气的原因之一,他生气时会皱着眉,摇着头,多次重复着:"不好,非常不好!"

我不知道他怎么能自我控制得这么好,生气发怒都那么有教养,从不大喊大叫。相反,我每次都是突然炸了!事实上,我有时喜欢争吵。比如,和我最好的朋友珍妮(我从小一直写成詹妮)争吵,但我们和好之后却比以前更加亲密。

长话短说,我决定把我写的小说先给她看,这样,如果她告诉我都是无稽之谈,说我最好改行,我们就大干一架,结局也就不过如此而已。

然而,珍妮读了我写的那几页(五十多页,是一本长篇小说的第一章)后,她很兴奋,眼睛闪着光芒,脸颊红扑扑的,惊叹道:"太棒了!你怎么做到的?你从哪里获得的灵感?"

在朋友热情的鼓舞下,我像一只爱慕虚荣的鹦鹉,自我膨胀起来,以至于把小说交给了我的意大利语教授,她是整整五本诗集的作者和一本文学月刊的评论家。

我承认,我期望得到安娜·特隆贝蒂教授这样的女诗人兼评论家喜欢阅读我的书,赞赏书中散发出的所有魔力和幻想。说到底,她不就是总会借用新月刺穿那些对事物认知肤浅者的吗?所以,一个汲取月光获得力量的魔法女侠,她会喜欢的。

相反,特隆贝蒂教授起初用灿烂的微笑看着我,这使我充满热情,之后往下看,叹气,又重新微笑,总之,她显出一些我无法理解的表情和姿态,直到后来拉着我的手说:"米娅,跟我来。"

我本想问:"抱歉,去哪儿?"但还是保持了沉默。在我看来,这是一个非常庄重的时刻,从教授的表情判断,她的脸上带着像达·芬奇画作《蒙娜丽莎》一样的神秘微笑。

与此同时,特隆贝蒂教授把纸张放在面前的桌子上,摘下眼镜,小心翼翼地放入镜盒,平静地从沙发上站起来,拉着我走向阳台。她伸手打开窗户,这就是下面发生的事情——

一阵冷风吹向我们,但我们却像我的月亮女侠一样,没有退缩。特隆贝蒂教授穿着樱桃红色的丝绸上衣,冒着寒冷,手牵着我,走到阳台,向外眺望。她戏剧性地将右臂伸到栏杆上,然后大叫:"米娅,在这里你看到了什么?"

我想说交通堵塞。事实上,在阳台下,开过的一辆辆汽车好似成串爬行的毛毛虫。"那条路……"我低声回答。我好像在雷区行走一般。

"还有呢?"教授微笑着问道。

"交通堵塞,噪声……"我停下来,因为我不想冒犯她,说教授住的地方一片混乱。

"确实是这样,交通堵塞,那下面呢?"

"一个女人因为那个人把车停在第二排而争吵。"

"那边呢?"

"一个街头小贩……试图向摇头拒绝的老奶奶推销篮球袜……那个穿着运动服戴着耳机的男孩正在狂奔……女孩们坐在摩托车上……那位女车主提高了音量,那个使她陷入绝境的男人在车里做了个不礼貌的手势,等等。现在小贩急忙赶过去分开他们,因为那位女士从车里拿了把雨伞冲向那个男人……教授?我们要报警吗?"

"不,亲爱的。"她回到屋里,关上窗户,"写你看到的周围发生的一切。"

之后,教授拿起电话报了警。

这个世界既不美丽也不丑陋,只是变化多端。这就是这个世界值得被描绘的原因。我有一个雄心壮志:尝试直接讲出来,正如教授很好地让我理解的那样,同时又不影响想象力。毕竟,脚踏实地更有滋味。

所以,我想成为一名记者。

人物表

姓　名	身　份
米娅（玛丽亚·维罗妮卡·玛尔塔莉娅蒂）	女主人公
加布里埃尔·西比罗	米娅同学的哥哥
肖恩·汉密尔顿	米娅的男朋友
贝尔尼	米娅的哥哥
罗比	米娅的狗
玛丽亚	米娅的奶奶
珍妮	米娅的闺密
罗莎	米娅的姑奶奶
阿曼达·西格里诺（安迪）	米娅的朋友
玛丽亚·斯特拉	米娅的同学
克劳蒂娅·马萨丽	威洛学校的网络 W日报的经理
安娜·特隆贝蒂	米娅的意大利语教授

姓　名	身　份
劳拉	米娅闺密珍妮的妈妈
马特奥·巴尔达奇	米娅的同学
卢克雷齐亚·里纳尔迪（卢奇）	米娅的同学
瑟琳娜·祖奇	米娅的同学
杰拉尔丁·马佐尼	米娅的同学
彼得·瓦伦特	米娅的同学
鲁米	W日报编辑处秘书
帕鲁吉	瑜伽导师，玛丽亚奶奶是他的忠实追随者
斯特凡诺·高里	米娅的同学
皮耶吉奥吉（皮尔）	米娅的同学
杰拉迪娜（格瑞）	米娅的同学
罗伯特	米娅的爸爸
比西·玛丽埃蒂	米娅奶奶的朋友
卡拉	米娅的妈妈
伊拉里奥	兽医
帕特里夏·蒙特罗	非人类动物行为学家和心理治疗师
朱塞佩（盖波/乔）	米娅的小学同学，珍妮心仪的对象

姓 名	身 份
彼得·卡多诺·马格里尼·迪·瓦尔莫拉纳（卡多诺）	乔球队的"对外关系经理"
盖蒂	米娅学校图书馆的管理员
索扎尼	米娅的历史教授
玛蒂娜（玛蒂）	住在玛丽亚家的阿根廷女孩
奥琳匹娅	米娅的外婆
瓦莱里奥	米娅的外公
安德里娅	贝尔尼的女朋友
蒂齐亚诺	贝尔尼的室友
贝蒂·法利瑞	社会活动专家，玛蒂娜的朋友
拉里·卡西尼	时尚摄影师
皮科里尼	*Dive Tutte*杂志经理
德·乔治	布永的戈弗雷高中校长
朱利安	米娅在布永的戈弗雷高中的"线人"
尼可	肖恩的朋友
南茜（安农齐亚塔）	珍妮的姑姑
拉蒙	南茜的追求者
艾莉	肖恩的堂姐

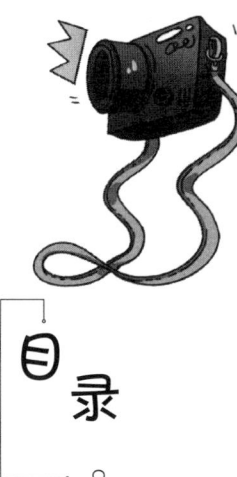

目录 CONTENTS

了解或者发明一门职业

\ 解释新闻是什么　　　　　001
\ 面临的困境　　　　　　　005
\ 获得一个提议　　　　　　011
\ 发现自己过早自负　　　　015
\ 得到体会　　　　　　　　019
\ 最大满足地写自己的文章　024
\ 致命的打击　　　　　　　029
\ 我想放弃　　　　　　　　033
\ 跟读一名著名记者的网课　036
\ 有意想不到的人帮我　　　040

购物狂

\ 获得灵感　　　　　　　045
\ 路上争斗　　　　　　　048
\ 收到特别邀请　　　　　053
\ 揭露一系列秘密　　　　057
\ 了解一种新的疾病　　　068
\ 发现一位瑜伽导师　　　073
\ 向专家求助　　　　　　081

访问运动员

\ 抚慰心灵后的波动　　　　090
\ 发现交友的新规则　　　　096
\ 珍妮披露了一个秘密　　　103
\ 萌生采访的念头　　　　　109
\ 了解一些足球知识　　　　117
\ 冒着失去朋友的风险　　　124
\ 一个奇怪的人联系了我　　131
\ 恋爱的烦恼　　　　　　　136
\ 冒着失去文章的风险　　　144
\ 一切顺利，收到好消息　　151

采访学校获得成功

- \ 我开始寻找故事　　　　　　　157
- \ 妈妈向我宣布一件大事　　　　161
- \ 执行任务　　　　　　　　　　165
- \ 参观学生公寓　　　　　　　　173
- \ 谈及一所新学校　　　　　　　176
- \ 我被事情缠上了　　　　　　　183
- \ 如何获得成功　　　　　　　　189
- \ 与布永高中取得联系　　　　　195
- \ 解释一些事情　　　　　　　　204
- \ 实现人生中的第一次真正调查　210

爱的烦恼

- \ 制订计划　　　　　　　　　　221
- \ 我的同伙搪塞犹豫　　　　　　224
- \ 准备工作如火如荼　　　　　　229
- \ 开启爱的复苏任务　　　　　　236
- \ 成为外派记者　　　　　　　　240
- \ 撰写第一篇文章　　　　　　　245
- \ 试图打破壁垒　　　　　　　　252
- \ 爱的复苏任务倒计时开始　　　257
- \ 完成任务　　　　　　　　　　263

| \ 结束文章 | 272 |

结语 **276**
致谢 **278**

 了解或者发明一门职业

解释新闻是什么

说起来容易：我想成为一名记者。

首先，我必须清楚为哪家报纸工作，因为干记者这个职业要充分了解自己叙述之事将由某家报社或新闻机构发表这一事情。仅表达这点，已经使我感到绝望。一提到记者，人们会想到为报社工作的人。在新闻界，可以将这些不同类型的记者比作身体的各种器官，其功能各不相同，但都是在组织和传播信息。

现在，我们扪心自问：哪家报社适合一个女孩？她才华横溢，充满想法，但极缺经验，甚至没有经验。

对于一家全国性的报社来说，我或许过于年轻。

即使要进本地报社，我似乎也太年轻。

我了解这点,因为我已经问过了一个同学的哥哥,他是一名学习一门叫警察通信技术学科的大学生。

"也许是叙事技巧。"我解释道,表现出有一些相关的经验。事实上,我还上过一定水平的学校学习如何写作。

"某种。"他嘟囔着,不管他研究什么,坦白地说,在我看来他几乎没有什么交流能力。

"不需要从事实出发去构建故事吗?"我坚持道,当我阐明观点时,够烦人的。

"一种。"他回答说。他应该被称为"西比罗①",而不是加布里埃尔,就像西比拉·库迈纳②那样,总是以一种令人费解的方式预测未来,有时还用单音节或诗句说话。

"你能给我举个例子吗?"然后我满怀希望地问,就像罗马时代的人在走近前面提到的西比拉的洞穴一样。

他在开始用一种意想不到的言语说话前,脸上带着一种自以为是的表情,不客气地说:"也就是说,今天信息是由来自世界各地的大量数据所代表的,因此,这些令人印象深刻的大量事实必须由信息机构和大众通信工具进行分类、筛选和管理。"

---

① 西比罗是意大利语西比拉的阳性名称,因为同学的哥哥是男的,就得称为西比罗,而非下文中的西比拉。——译者注

② 西比拉·库迈纳(Sibilla Cumana),库迈阿波罗神谕的女祭司。——译者注

一连串充满奥秘的话使我困惑不解，一种神秘的感觉涌上我的心头。加布里埃尔·西比拉·库迈纳在预言，可我什么都没听懂！

"抱歉！"我趁他停顿时打断了他，"难道有一个消息、一件重要的事情还不够吗？"

"哦，不，"他摇摇头，解释时也不断摇晃头，"现在还不是。也许，嗯，也许足够！"

"甚至一个事故也不够？"我提出疑问，他没有停止摇头。

"地震呢？"我冒昧问道。他摇了摇头，他的头快要掉下来了。"到底需要什么才是新闻？"

说到这儿，加布里埃尔·西比罗开始兴奋起来，摆出一副讥笑的样子，就像说现在他告诉我一件令人难以置信的事："需要构建新闻去吸引公众关注报纸和电视，要令人震撼，你明白吗？报纸必须卖出去，只有某些东西可以吸引公众，它们才能卖得出去。不只是任意一个故事，不是琐碎的事实，得是新闻，清楚了吗？"

我睁大眼睛看着他。

"抱歉。"加布里埃尔·西比罗突然平静下来，闭上了眼睑，就像关上了一扇百叶窗，"这对你来说有点过于复杂。"

那是什么意思？我愣住了，我用了我哥哥的提问方式，当某些事情弄不明白时，他就会问："怎么说？"

"你太年轻。"

"那又怎样?"我双手叉着腰,摆出骁勇善战的姿态。就像我之前所说,在争论时,我不是那种会退缩的人。

"那你为什么要对信息市场的这些机制这么狂热?"他评论道,一点也不受我的好斗之气影响。我双臂交叉在胸前,就像在自己和那个讨厌的人之间设置了一道很好的屏障。

"实际上,我对这个根本没有兴趣,"我用食指指着他,"是你用教诲的方式攻击了我。"然后我把食指移向自己,仅为了澄清差异,"我想写东西,不想理论化。"

"如今,谁都不能仅仅只是写作。"他提高嗓音强调了"仅仅"二字,露出一副威胁的表情,咕哝道,"报告文学不是轻浮的领域,你知道,这不适合小女孩。"

"哦,为什么不适合?"我的手开始发痒。这家伙让我非常紧张,我甚至可以抛开一再向和平主义者肖恩保证的反暴力决心,真想一拳打到他脖子上。

"不,如果你想当记者的话。"我注意到他用了阳性词语,好像这是个硬汉的职业。他坚持着,越来越激动:"记者必须知道他是权力系统的一部分,并管理着权力。"一名记者,尽管有点疯狂,他不是在表露他的野心吗?

但是,谁让我来找这个狂热分子啊?我立马发誓再也不会和他的妹妹弗拉维亚说话了,我每天早上都与她在电车上碰面,慢慢变得熟悉起来。所以,当我提到想了解更多关于新闻工作的知识时(我说得含糊不清,因为我跟她还没有亲密到那种程度,我也不想冒着她在学校到处叫我昵称莉莉·格鲁伯的风险),简而言之,当我和她谈及尝试当记者时,弗拉维亚像圣诞灯一样点亮了我,她说:"我们去问问加布里吧,他对报纸了如指掌。"

这不,我见到了他。

此外,对她说教不止的兄弟的这番训斥,都不用西比罗怒视,可怜的弗拉维亚就已经惊呆了。简而言之,只有我在单方面争论。

此刻,我使用了肖恩的策略。我深吸一口气,改变了语气。从原则上讲,不值得与这个疯子争论。

"我想成为一名普通的记者,而不是司令官记者。"我很平静地说,"总还会有一些讲述凡人小事的记者。"

他耸了耸肩:"就连地方报社也没有。"

但在这一点上,我明白自己面对的是谁:正如神谕,加布里埃尔·西比罗倾向于《启示录》①那种观点,但我坚持自己的、我的观点。

面临的困境

了解我的人知道我不是那种轻易退缩的人。

---

① 《启示录》是《圣经》里的一部分,预言世界末日。——译者注

所以，我斗志昂扬，寻找一个适合我的"新闻机构"。因为在年龄问题上，我排除了城市的报社，加布里埃尔·西比罗说得对：谁会考虑雇用一名十四岁的女孩？即使有人愿意给我一个机会，也会因害怕被当成剥削童工者望而却步。

我和朋友珍妮一起探索了这一切。浏览互联网上想当作家的人组成的某些论坛（你甚至想象不到有多少！），一些网友建议我或许可以找一份网上校报。

"我的一个朋友就是这样开始的，现在已是《信使报》的一名记者。"鼓励我的是个叫阿尔维斯塔的，也许事实并非如此，但我愿意相信他。

所以，我浏览了本市所有学校的网站。当然，最明显的是撰写自己学校的网络杂志，但我由于两个严重问题而停滞不前。

首先，我高中的网络杂志近年来被掌握在一群非常傲慢的男孩和女孩手中，只有几个几乎能得诺贝尔奖的低年级学生被允许参与杂志的撰写。要明白，他们认为自己是在网上编写《时代》周刊。音乐或戏剧的评论不是什么垃圾，而是其他城市举行音乐会的报道，更不用说阿曼达·西格里诺在伦敦观看过音乐剧，这也就大概了解其水平了。

其次，网络杂志的署名之一是我之前提到的肖恩·汉密尔顿。这也揭示了我害怕让他读我撰写的不管是幻想还是现实作品的原因。

另外，在某种意义上，我们甚至发生了争吵。有人可能不理解我这番话的意思——我不是说过不可能和一个圣人般的肖恩吵架吗？

这里，记者的素质之一应该是思维清晰，我已经迷失在了千百种纠缠中，就像罗莎姑奶奶那些闲谈的朋友一样，每个人讲话都按照自己的话题思路喋喋不休，与其他人完全脱节，令我感到著名的"聋人间的对话"之说是不合适的。因为"对话"以两个人为前提，再者，聋人知道二人如何交谈，当然如此！但是，就罗莎姑奶奶和她的朋友而言，他们就像我一样，都是妄想者的独白。

那我们就从肖恩开始，否则他永远出不来了。

我在写作学校时认识了肖恩·汉密尔顿，我们已经交往了八个月。除此之外，我们现在处于暂停状态是因为（至少我认为）我们吵架了。猜猜是谁的错？

一只鹰不用一纳秒就能到达那里——好吧，是前面提到的阿曼达·西格里诺的错。这个领导者总是在背后捅刀，以至于在她面前，许多女孩像虾一样退行，圆滑者将该姿态解释为表达对公主的尊重。然后，坦白地说，吃完薯片后舔手指，说话像卸船工人一样的人哪有什么公主气质！不过，这话我只敢对我的（但是我现在还能这样称他吗？）肖恩说："阿曼达有时候真的很庸俗。"

"你为什么这样说？"这个背信弃义的人开始维护她。

"抱歉，但你觉得这个和鞋子颜色一样的小环精致吗？"在这里，我立刻犯了第一个错误。因为和男士谈论衣服就像和意大利玉米饼生产商谈论中国烹饪一样。不用说，他也会像肖恩那样以迷惑的眼神看着你，回答说："我没有注意到。"不仅如此，这样的观察会立刻让你处于劣势，因为你会最大程度被认为是嫉妒，至少被认为是小心眼。

"我不明白你为什么跟安迪①如此过不去。"他补充道，有些皱眉。

"安迪？"我提高了一点声音重复道。这是第二个致命错误。但是，为什么我不等几秒再开口呢？为什么我不数到三，或者睁大眼睛表示质疑？当然，我知道我没有那种蓝色虹膜让我看起来更纯真、无辜，但如果我像受伤的小鹿一样眨一眨眼，我清澈的棕褐色虹膜也能够奏效，你说对吧？而我从来没有学过完美吸引他人的基本技巧，所以此时我在和我的男朋友争吵，这位英国男朋友很少发脾气，但是当我以不可阻挡的咆哮攻击"啊，你现在甚至称呼她安迪啦？你从什么时候开始跟那个舔手指的粗俗之人交往啦"时，他听了瞬间流露出受伤小鹿般痛苦的样子。

"拜托，米娅……"他像弹簧一样从我们坐的沙发上站

---

① 安迪是阿曼达的昵称，一般只有亲友之间才用昵称。——译者注

起来。

"你怎么还护着她？" 我跳了起来，此刻肖恩一边向后退着，一边举起双手说："先冷静一下，我们之后再谈。"他的语气实际上不容反驳，而我则像火车一样快速反应，谁能想象我会因为他的命令而冷静下来呢?!

"如果你走了，我就再也不想见到你！"我红着脸威胁道。我不该说这样的话。

"再见，米娅。"他严肃地说完，迈开步子就走掉了。

肖恩刚一从我视野中消失，我就泄气了，气喘吁吁地瘫坐在沙发上。我忘了交代，我们当时是在图书馆的大厅里，不少人都应该听到了我们的争吵，风暴过后就又埋头浏览网页和书籍，其实这次争吵甚至还没有爆发就结束了。我希望沙发可怜我，吞噬我，使我平息怒气，呼！然而，紧张了几分钟后，我站了起来，重新理了理粘在脸上的头发。由于腋下有汗渍，我只能指望衬衫的灰鼠色不太显眼。

"你没事吧，米娅？"从电脑后面出现了玛丽亚·斯特拉那张假装忧心忡忡的脸，她目睹了这一幕，不得不频繁搓手。这是明天早上可以讲给同学们听的多好的爆料信息啊！呆子米娅·玛尔塔莉娅蒂在图书馆被人甩了！而且，除了被人干脆地甩了之外，更有意思的是，米娅很可能被戴了绿帽子！

世间存在一些物理定律，例如相对论，在不恰当的时机与最不想见的人见面。我的意思是,当你大口地咬着三明治离开烤肉店,你喜欢的男孩路过,用一丝厌恶的眼神看你,恰恰在那刻,一滴油滴在了你的针织衫上,把它永远玷污了。

见到玛丽亚·斯特拉,我把满心的绝望搁到了一旁。她给我起过一个绰号——怪物米娅,她用马库姆①语也玩得很开心,因为她给我起了三个意大利语外号(别人告诉我的)。我真诚地回答:"我没事。"

"我能做点什么吗?"她微笑道。

"能啊,"我心想,"地板塌下去就好了。"不过,我有了一个想法。我走近她,面带痛苦地对她说:"你愿意和我一起喝茶吗?"

"我吗?"这位马库姆的制造商②将食指指向胸部,睁大了眼睛。

"如果你不介意的话。"我叹了口气,这次,我小鹿般的大眼睛甚至有点湿润,表现得很好。

玛丽亚·斯特拉傻眼了,结结巴巴地说:"我还差点没搞完……"

"我请客,如果你喜欢热巧克力和纸杯蛋糕,"我提议,

---

① 马库姆是印度的一个地名。——译者注
② 马库姆的制造商是对对方的一种别称,可能是暗指她编造马库姆语的外号。——译者注

"也许我们可以谈谈你正在做的意大利语的报告。"我有点不怀好意地说,眼睛贴近她的电脑屏幕。说实话,完全不是意大利语的报告,而是贝蒂猫咪手袋的销售页面。

"既然你这样说……"她立刻站了起来。

我说过:世界因各啬而美丽。

获得一个提议

不要以为我是为了和阿曼达·西格里诺竞争才想当记者的。

我讲述了事情的经过。也许我没有创作幻想小说的天分,但成为记者的资格我还是有的。我之所以这样说,是因为我在与肖恩争吵后立刻得到了一个建议。顺便说一句,他连记者都不是,却是一位作家,实际上他和一家有名的网络杂志合作,他写的故事通常被定义为"幻想体",通常以其他世界,即梦幻世界或科幻世界为背景,这在某种程度上取决于他选择的场景和时间(这也就是我对让他阅读我的幻想小说有所顾忌的原因)。通常,肖恩更喜欢梦幻般的中世纪,但他并不鄙视一个隐喻性的未来(他的原话)——当前对世界环境和资源利用的选择会给将来造成极端的后果(仍然是他的话)。

唉!(叹气)

谈起肖恩,我的胃都痒痒的。

我很清楚，他是个非常好的人。

他机敏，出色，有才华，长得帅气。总之，他很好。

如此足够了。

他称恐怖的阿曼达·西格里诺为安迪，这一事实是真正的冒犯，至少需要做出解释。但是他从不做解释。所以，再想他的可爱和绅士等所有优点都没用。

于是讨论就进入了要点，这就是给我提出的建议：写"一篇"！是的，就是新闻术语中的写一篇文章。

"你能给我们写一篇吗？"W日报的经理如此问我。W是威洛（Willow）学校的网络报纸（W即报纸名字的两个V）。

现在，需要解释一下我是如何得到这个机会的。碰巧的是，威洛学校的校长是珍妮母亲的一个老朋友，她们是这所著名的修女学校的同学，她时不时地用一种令人战栗的语气和我们说话。在这所非常严格的学校似乎只有女孩出入，要求十分严格：女孩只能穿着格调忧郁的过膝的黑色围裙，下面露出的是白色的袜子和实际上能矫形的鞋子。可能为了救赎这样严格的学生经历，现在珍妮的母亲和她的校长朋友爱炫耀超高跟的鞋子和似乎强力束身的服装，劳拉女士偏爱光亮的黑色，而校长则偏爱豹纹（毕竟，学校有点像丛林）。

总之，珍妮告诉她妈妈我想当新闻记者的志向，劳拉女士立即把这个消息和她的校长朋友找她要的校报资助一事挂上了钩，并给我提供了一个非常难得的机会：采访报社经理，准确地说，写一篇文章。

我不知道在那所修女学校对校长的教育是否限制了她的性别选择，在那个机构中似乎只有女性：校长、老师、看管人、行政秘书，还有大量女学生，而少数几个男性组成的巡逻队似乎有意特别伪装自己，穿着跟女学生一样的闪亮黑色外套和牛仔裤，并且用羊毛帽盖住脸，脖子上围着大围巾。这似乎是肖恩的未来派情境，男性几乎被消灭。

报纸的经理是一名大四学生，头发剪得短短的，戴着眼镜，脖子上围着一条大围巾。乍一看，我以为她是极少数男性之一，就像我说过的那样，使用这种隐性外观而不被人注意。从声音上，我也不知道该做何判断，但由于她自称是克劳蒂娅·马萨丽①，我才消除了所有疑虑。

她盯着我看了一会儿，然后对我说："所以你上达·芬奇学校。"

"确实如此。"我想结束刚刚尴尬的气氛。此时，我的语言立刻降到了沟通的最低水平。

"我们很高兴，"她用恩里科·蒙塔纳的专业语气使用复数人称宣布，"创办这种类型的专栏，传播来自其他学校的信息。报纸可以提供其他的事实报道，拥有比我们学校更广阔的视野。"

"当然。"我点点头，实在想不出我还能说什么。

---

① 意大利人的名字能清楚标明人的性别。——译者注

"我们想要一篇非同寻常的好文章,我不知道我是否表达了这个想法。"她盯着我,好像能瞥见我内心的奥斯卡·王尔德①,"不是平常无聊的新闻,而是更加有趣的事、证据。"

"当然。"我像复读机一样重复了一遍。

"你能给我们写一篇吗?"终于提出建议了。

考虑到当时情况,我不再那么肯定了,但我不能退缩,因此我第三次重复说"当然",心里期望公鸡打鸣,就像圣彼得第三次否定是耶稣徒弟之后那样②。

离开修女学校时,我胳膊夹带着几份威洛学校校报,这是各家学校中最光鲜的报纸:光亮的纸张、彩色的图片、记者的照片,甚至还有广告插页和几篇著名人物写的作品(不用说,都是女性)。赞助者不外乎储蓄银行、机会平等部③和欧洲理事会。

---

① 奥斯卡·王尔德(Oscar Wilde,1854—1900),出生于爱尔兰都柏林,19世纪爱尔兰最伟大的作家与艺术家之一,以其剧作、诗歌、童话和小说闻名,唯美主义代表人物,19世纪80年代美学运动的主力和19世纪90年代颓废派运动的先驱。——译者注

② 耶稣在最后的晚餐时曾预言大徒弟彼得将三次否认自己是耶稣的徒弟,结果彼得果真在罗马人面前三次矢口否认,之后鸡鸣天亮。——译者注

③ 机会平等部是意大利政府里负责男女平等事务的部门。——译者注

发现自己过早自负

第二天早上,我漫不经心地把我的一份报纸放桌子上。

"我可以看一下吗?"特隆贝蒂教授不出所料地问道。所有的印刷纸对她来说就像粘蝇纸,她对文字如饥似渴。"多豪华的报纸啊!"她评论道。

"实际上……"我脱口而出,又咬到了舌头。这些不适当的副词从什么时候开始冒出来的,像不可控制打嗝一样?

特隆贝蒂教授机智地假装没有听到,问我:"你是怎么得到的?你是订户吗?"

这时,有些同学也在侧耳倾听。实际上,仅仅在课桌上放一张报纸完全不能引人注意。我是说,这不是加尔科[①]和贝伦·罗德里格斯[②]的日历。

"不是……"我低着头说,"他们要我写一篇。"

[①] 加布里埃尔·加尔科(Gabriel Garko,1974—),出生于意大利都灵,职业演员,不仅是意大利著名影星,还是选美冠军。——译者注

[②] 贝伦·罗德里格斯(Belen Rodriguez,1984—),出生于阿根廷,阿根廷第一超模。17岁的时候通过选美进入时尚界,独自前往意大利闯荡,成为意大利最大的移动电话公司代言人。此后又应说唱歌手COOLIO邀请去迈阿密拍摄音乐录影带等。世界一级方程式锦标赛的巨头曾请贝伦代言,法拉利的展台周围被围得水泄不通,使意大利央视二台的直播收视率从31%蹿升到64%,赢得了收视冠军。——译者注

特隆贝蒂教授很激动，好像我在说自己被召集参加下一届奥运会似的。"太棒了！祝贺你！"然后，她面向班上其他同学。他们利用这几分钟进行各种活动，例如：下注足球彩票，阅读皮耶吉尔吉奥黑莓公司的星座运势（教授通常要求将这致命武器放在讲台），交流作业、笑话、短信、中学的魔术卡（有些是怀旧的），还有我的一个同学按价目表售卖化妆品。"听到了吗，孩子们？你们的同学米娅将为一家非常不错的报社写一篇文章，由一家私人机构出版。"

"你会明白什么是新闻。"我清楚地听到身后的声音，一定是马特奥·巴尔达奇。我刚转过身，他假装在埋头专注阅读《约婚夫妇》①；然而，遗憾的是把书都拿反了。

有人好奇地问："你会写我们吗？会写咱们班吗？"

"我还没有决定……"我略过这个问题，但确实是真的，我还没有主意。

"主题是什么？"卢克雷齐亚·里纳尔迪问道，他的平均成绩为九分②，习惯以纯粹的学术术语评估一切。

---

① 《约婚夫妇》是曼佐尼的代表作，意大利中学必读的名著，描写了以17世纪早期意大利北部伦巴第地区一对订有婚约的农村青年男女的故事，反映了意大利人民反对异族侵略，争取民族独立和统一的要求，洋溢着爱国主义精神，具有深刻的现实意义，是浪漫主义和现实主义结合的杰作。——译者注

② 意大利中学成绩是十分制，此人相当于中国百分制的九十分优等生。——译者注

"我们的学校如何运行,我们做什么……"

"你会明白我有多兴奋。"这句话出自《约婚夫妇》,但声音还不足以让教授听到。

斯特凡诺·高里激动地提议:"你必须让威洛学校感到嫉妒,你必须把咱们描绘成最好的学校,把我们写成班上的佼佼者。"

"还有咱们的教授是著名的诗人。"瑟琳娜·祖奇骄傲地补充道,略带奉承之味。

"谢谢你,瑟琳娜,但我认为这不是个好主意。"特隆贝蒂教授谦虚地说。

"我不知道米娅是记者。"杰拉尔丁·马佐尼说。这时,许多人都承认,他们其实也不知道这件事,但直到那一刻,大家都谨慎地没有说出这个事实,假装分心或无知的样子。

"那威洛学校的报社怎么联系你的?"卢克雷齐亚合理合法地问我,然而这个问题却困扰着我。总而言之,是否必须一五一十地解释所有细节呢?

"因为我认识校长……"我说,但已经很明显,有一丝被人推荐的味道。我羞红了脸,觉得自己是一个占便宜的人,家人们会看不起我:我自己,被人家推荐,多么可怕!如果我哥哥知道这件事,他会不理我,爸爸也许会跑到公证处跟我断绝关系,宁愿把房子过户给我家的狗。

总之,我当时羞红了脸,不知所措,此刻彼得·瓦伦特天真地开口说道:"抱歉,但是你已经在我们校报写过一篇文章……"他的话没有说完,因为他发现玛丽亚·斯特拉对他做了鬼脸。"好吧,我说了什么?这是怎么回事?"

许多女孩开始交换知情的眼神,这让我非常紧张——很明显,我与肖恩争吵的消息已经传播开了,热巧克力和纸杯蛋糕并没有使玛丽亚·斯特拉变得甜美。此刻,我的红脸一定已经变成了棕褐色。

"你试试看!在那里,这就像是请求教皇召见似的!"很多人都笑了,觉得我说得有道理。好吧,我是被推荐的,但是怎么了?难道人称安迪的阿曼达不是吗?每个人都知道,她的父亲是一位著名的电视台记者,校长的主要梦想是让她在校报上发表一篇访谈,或者与电视台的其他人物一起围坐,开个圆桌会议。

"你会明白的,他们甚至不谈论足球!"这次马特奥·巴尔达奇大声援助我。

"W日报也涉及体育运动,还采访过排球健将皮克西尼。"我补充道。

马特奥总结道:"好样的,总之,恭喜你!"他让我突然成为祝贺的焦点。

"谢谢,谢谢。"我装作谦虚,下巴因一直在笑而酸痛。我没想到我怀有那么大的虚荣心,只要宣布与一家报纸合作就足以得到满足。

得到体会

"你好,米娅。"

肖恩倚着墙在学校外面等我。一看到他,我的心似乎因喜悦而奔腾,但我试图克制,因为我仍然很生气。毕竟,他和我打招呼的表情也很严肃,就像和任何朋友打招呼一样。他没有称呼我"亲爱的"或"公主",也没有叫我真正喜欢肖恩称呼我的名字,只叫我米娅而已。

"嘿,亲爱……肖恩。"我屏住呼吸,首先是因为我想叫他"亲爱的",其次是因为我们两天没有见面了,他看起来更帅了。天哪,涂有凝胶的卷发和高领毛衣,真帅!我讨好地眨了眨眼,但并没有什么效果,实际上,他立刻问我:"怎么了?你的眼睛疼吗?"

好吧,你想我表情严肃吗?那就来吧。我丢掉爱撒娇的样子,立刻呈现更加坚决的表情。但我当然忍不住微微一笑,因为他帅气的外表和散发的香气,融化了我对他的敌意。那一定是一种神奇的香味,抹去了我的记忆,因为我突然记不起我对他如此生气的确切原因,或者说在心态上有些含糊。

"我们能谈谈吗?"他问我。我的肖恩是个绅士,他不是强加于人的那种野蛮人,不会说"过来,告诉我,快说"之类的话。这也是我那么喜欢他的原因,我爱他,我不得不克制自己想紧紧抓住他的欲望，来保住一个严肃女孩的声誉。

嗯，我不能愚昧地说"谈什么，亲爱的"，或者立刻去吻他。首先，这样做会使我在他心里的分数大打折扣，反正我有自己明确的想法，我必须非常注意自己的行为——需要解释的是，这关乎关系的透明度原则之一（猜猜是谁告诉我的？），是肖恩所坚持的英国方式。其次，我若过分亲昵会使他很难堪，因为我们在学校门前，他不想在同学们面前卿卿我我，尽管我实在不明白他何必如此多虑。他的朋友们常常黏着女朋友，也并没有人因此而嘲笑他们。但要知道，这就是陈规旧俗：英国人的沉着冷静。

"我很乐意。"我准备握他的手，但我马上把手插到兜里，因为我注意到肖恩的手在他开始迈步出发时已插进牛仔裤兜里。

"你不觉得我们有点儿太夸张了吗？"

"嗯，似乎。"我犹犹豫豫，意识到这不是真正的肯定，而是一个中立的、模糊的看法，能够用正面或反面的方式理解。由于肖恩是一个乐观主义者，按照反面情况解读这点，似乎使人振奋。事实上，他展平肩膀并稍微拉直脖子，更加帅气了。简而言之，我差点晕过去，所以没什么好说的。

他继续说："我认为我们互相存在误解。我认为你没有理由对阿曼达怀有敌意……"肖恩在说什么？就像是印好的书或《终结者》的更新版。他一定是准备好了书面讲稿，然后又背了下来。

我堵住肖恩，迫使他停下来转向我，我看着他说："的确，我没有理由，但至少你得证明我没有理由。"

他戴着眼镜凝视着我，我必须承认，自从他戴上黑框眼镜以来，至少对我而言，他的表情更加有意思。总之，现在我亲吻他，我们结束了这件烦人的事。

"米娅，我不明白我必须确认什么。"他结巴了。也许我也对他的胃和整个消化系统有同样的影响，导致它们激动，从而造成说话也有一定的困难。

"你对阿曼达不感兴趣。"我喃喃道。

"求你了！"他忍不住抬头看天。

这恰恰是我等待抛锚，奔向他。突然间，肖恩插入牛仔裤兜里的手，就像是机场的警用摄像头一样到处扫起了我。我们接吻，没有分开的意思。我想我们可以像这样永远保持胶着状态，几千年后被考古学家发现这个接吻的造型人像。顺便说一句，我发誓，他从来没有这样吻过我。

这意味着他很期待，这意味着他想念我！实际上，这意味着安迪在他眼中一点儿也不重要。当然，我有时候太笨了。

"悠着点，汉密尔顿，否则他们会带你去警察局。"一个嘲讽的声音责骂道。我几乎听不到，那就像是嗡嗡的苍蝇叫声。但是我的英国男孩停了下来，收起他的那个"摄像头"，牵着我的手说："咱们离开这里，这里到处都是白痴。"看看他不再像机器人一样说话。他融化了!

最后,我们坐在一间酒吧里,大白天也如同黑夜一样,我们不得不购买两个芝士汉堡来保住我们的座位。我想打包给我的狗罗比,它会很开心。最后,我只吃了一些薯条,而肖恩在不到一分钟的时间里就让罗比的那份汉堡减半。

他看着我吃薯条轻笑着,受到我用餐巾纸仔细擦拭手的启发,问道:"安迪舔手指是什么意思?"

"谣言。但她确实说了坏话。"

他耸了耸肩。"但是她写得不错,"肖恩回答,为使我满意又补充道,"……比较好。"

"是她还是她爸爸写得好?"我坏坏地问道。

"这太坏了。我可以向你保证,她写得不错,她有这样的家庭影响。"他温和地笑着,并软绵绵地补充道,"就好像你一样美丽!"

我本可以毫无争辩地接受称赞,但是,我能表现出安静地享受称赞吗?"你是说我只是漂亮?我的其他优点呢?"

"你不要从我嘴里套话。"他举手投降。

我可能会在这里抱怨,但我却像一辆隆隆行进的火车一样直奔前方:"简而言之,我知道我不能渴望最高点,向往你们的杂志,我不够优秀。"

"你在说什么?拜托,不要把自己当什么受害者,如果你在意这个，我认为你不会有任何写作问题，你可以试一试。"

此刻，他打出了一张"百搭牌"。我耸了耸肩，假装谦虚地垂下眼睛："不，我不能……再说，我有另一个邀约。"

"认真的吗？哪家？"虽然在黑暗中，我看到肖恩眼中充满好奇的闪光。

"W报社……"我还没有说完，肖恩就抬起下巴，跟我异口同声说出："威洛学校。"

"你知道这所学校？"我像从云端跌落，但是，知道另一所学校的出版物有这么奇怪吗？如果不是因为我，确实不奇怪。

"是的。经理就是那种人。"

我用他说安迪的话反驳道："我没注意到。"

"为什么没有注意？都是女孩，只有唯一一个叫瓦尼特的男孩，我都说了她们很棒。他们的报纸一流、学校一流，为了表现自己的优秀，他们采取了贬低其他学校的策略。"

"坦白说，我不明白你的意思。"我说着，警铃开始在我胃部那个高度震动起来。

"奇怪。克劳蒂娅·马萨丽一定要你写一篇关于我们学校缺点的文章，对吧？"

"实际上没有。"当我再次开始滥用副词时，意味着事情对我而言进展并不顺利。

"那她让你干什么？"肖恩问道，与此同时，他拿走了我剩下的芝士汉堡，彻底消灭了我留给罗比的礼物。

"她说：'一篇不平淡无奇的文章。'"

"你看到这里有多不可靠吗？不平淡无奇是什么意思？你很优秀，对不起，米娅，但是你不想当作家吗？"肖恩问道，似乎是某种指责。

"当然。但是首先，我想当一名记者，我想学会讲述现实。"

他带着某种钦佩的目光看着我，说实话，我在黑暗中不是眼见而是感受到的，他握住我的手，把我拉向他……

最大满足地写自己的文章

从何开始创作一篇文章？

我决定首先从通常堆积在电视柜下柳条筐里的报纸和杂志中收集资料。但是当我去找的时候，我发现柳条筐不在了，取而代之的是一个空着的粉红色皮革报刊架。我满怀自信地去往父母的卫生间，应该在洗手池下可找到另一个装杂志的柳条筐。但可怕的是，这里的一切也不翼而飞了，腾出来的空间让位于一个可笑的开心果色凳子！

"妈妈！"我大叫道，十分恼怒。

当然，我的叫声回荡在房间里，因为妈妈午饭后就回去上班了。

我心里恐慌，用手机给妈妈打电话，她一接听，我就一口气问："你能解释一下柳条筐里的报纸哪儿去了吗？"

"你在说什么？"妈妈生气地问。

我不得不说，到目前为止，我们的谈话全都是这种风格的：我总是说得太快，她打断我，让我冷静下来。事实上，我现在很烦躁，对着电话大声说："报纸！柳条筐！都去哪儿见鬼了？"

"你疯了吗？"她回答。我最讨厌的就是有人用一个不着边际的提问来回答我。我很想按键挂断电话，但妈妈抢先说："米娅，好好听我说，你应该知道，我提醒你，我在上班，你不能这样攻击我，但是你怎么了？"

我咬紧牙，耳朵发红，真不好意思，妈妈说得对。"对不起。"我喃喃道，打了退堂鼓。

"好了，冷静点，你能告诉我发生什么事了吗？"

"没什么……"然后，我的声音发抖，几乎开始流泪，"我需要报纸……但柳条筐都不见了……"

"但是亲爱的，"这时妈妈变得柔和了下来，"你难道没有注意到？家里已经至少十天没有报纸了呀！"

这么久啦？我不敢反驳。另外，我并不是没留意报纸，顺便说一句，我故意拿这些报纸气我父母。我总是说，为了让他们情绪平静，最好还是不要阅读新闻，读新闻又累又容易愤怒。但现在我改变主意了，人们看报纸是好事，哪怕会生气！这就是信息的作用：动摇认知，正如我读到的……我在哪里读到的？对啦，在我们网络杂志的网站上，引用了一段不知道是哪个著名作家或哲学家的话。简而言之，我们并不是在钻牛角尖，问题的关键是我家的报纸都哪儿去了？

令我惊讶的是，妈妈耐心地解释："你没看到爸爸和我在平板电脑和手机上阅读新闻吗？我们都已经订阅了手机报纸，这样更方便。"

我的战斗值飙升："怎么更方便了？那我呢？"

"你可以上网。"妈妈说道，突然开放了对网络的使用权，她对我上网可是有严格的时间管控的。事实上，她很快就意识到会放宽我上网的时间，立刻补充道："怎么了？做学校的什么研究吗？"

"一部分吧！"我说，不说谎是我家的基本规则之一。事实上，我没有撒谎，只是有所保留而已。"我得研究一篇文章的构成。"

"太棒了！"妈妈兴奋地说，"是教授们在信息方面鼓励鼓励你的时候了……"妈妈又喋喋不休，我劝告她："抱歉，妈妈，你不是在工作吗？我不想浪费你的时间。"

"感谢你的提醒，"她酸酸地回答，并叮嘱说，"但是，不要上网聊天。"

"不会。"

"你保证。"

"请解释一下，如果没有报刊的话，那粉红色报刊架有什么用？……"我不愉快地说。

"我的上帝啊！"在向我道别前，她叹了口气，但是至少没有让我承诺任何事情。

片刻之后，我已经在和一些同学用聊天软件谈论此事，珍妮不在线，因为她此刻在健身房。谈话以一种相当闲散的方式进行，充满了感叹号和笑脸。我咕哝了一小时，还没有得到任何好的想法！我要准备大干一场，在报纸网站上，发现了许多遗漏的资料，我发现不少关于学校的文章，看看有多少有抱负的记者！有的谈论高深的技术，有的谈论电影和节目，有的甚至谈论可再生资源……事实证明，除了我，其他人都是记者！

我茫然地盯着屏幕：我进入哪个领域？一方面，我感到有些欣慰，因为我同龄人的贡献是我力所能及的——他们的文章似乎更加契合主题，但并不算真正的文章，而且篇幅简短。我担心的是我如何开头！是采取诙谐的还是严肃的语调，是努力还是弃权……好吧，我看我的同事们（我可以称呼他们为同事）写了很多个人的、不太客观的文章，与其说是信息，还不如说是表达观点和批评。

简而言之，到后来我感到更加踏实了，能够避免模仿著名的头版新闻记者。因此，我将根据自己的印象和我自认为有意思的风格撰写我人生中的第一篇文章。有一件事我可以肯定：黑色专栏新闻不适合我，那种世界末日类观点的东西也不适合我。正如一位歌手曾经说过的，我几乎要引用这段话——建设性思考。

学校的独特之处

米娅·玛尔塔莉娅蒂的文章

面向未来的学校配有技术教室、新学科及电子书。出现在我们眼前的很多学校展示的设计就像是一个科幻世界。而我的学校却是一所"非常普通"的学校，仍有黑板、粉笔、纸质课本、木桌椅。我不会说它是一所风格古老的学校。我们学校一直对重要的社会问题持开放态度。首先，在生态学上，我们不仅尝试在教学计划中加上每周一小时的科学课，还要尝试将其付诸实践。怎样进行实践？每个教室都配有垃圾分类箱，走廊和教室配有节能灯和人走灯灭的定时器，卫生间配有感应水龙头。

这些变化是最近才发生的。我们学校还计划在建筑物顶上安装太阳能板，以便让我们的学校成为可再生能源的生产者。为什么要这样做？为什么以这种方式来花费本来就很少的经费呢？我们的校长决定投资环保，而不是其他更时髦但无法改变人们消费态度的领域。他满怀信心地告诉我们："如果我们变了，世界将会改变。"当然，新技术不会使我们更加了解资源，但如果我们有意识地使用新技术，如果我们更好地了解我们生活的世界，如果我们组织并开展合作保护环境,新技术能够帮助我们更好地利用资源。许多人认为学校是一个无聊的甚至是浪费资源的地方,而学校不仅应该是理论上的典范,还必须是把我们所知道的一切付诸实践的典范。

一位著名歌手曾说"建设性思考"。在我们"非常普通"的学校,除了思考,还要"建设性行动"。

致命的打击

已经三天了,我那篇文章仍然没有消息,太安静了。

在这段(对我来说是无比漫长的)时间里,我的心情变化就像一条抛物线,从兴奋到沮丧分为四个阶段:

珍妮的鼓励给我以自信心。我对肖恩什么也没说,含糊其词,我想在文章成功发表后给他一个大大的惊喜!

丧失自信心,随之而来的是对是否有错误的极端质疑,担心一些形容词可能不够准确。因此,我疯狂地重新阅读了这篇文章,并怀疑它不像我先前读时觉得那么好(我读了大约十遍,几乎全都背下来了)。

我努力不向肖恩透露信息,或迫使他看一眼我的文章并喜欢听那明智的评价,因此,即使在电话交谈里流露出一定的压力,我还是找借口说学校考试令我紧张,我几乎都快发疯了。

我陷入各种失望：我的文章显然没受到欢迎，前几个副词的使用表明我处于危机中。我完全处于消极状态！在和肖恩的交谈中，我用了各种借口，结果是在电话里争吵不休，因为我总（虚假地）抱怨他不欣赏我，好像一切都是肖恩的责任。莫名其妙的指责使肖恩感到困惑和非常痛苦，他讨厌受到不公正的攻击，但是我心情沮丧，根本不能意识到自己的行为是何等讨厌！

珍妮是唯一未被波及之人。实际上，珍妮想到了各种解释，比如"我们马上要考试了，每个人都很忙，自然威洛学校的人也很忙"。（鉴于我用同样的原因对肖恩解释，这个原因站不住脚。）"没有消息就是好消息。"（这个原因有待商讨，但情况往往相反。）"或许克劳蒂娅经理在外出差，但你为什么不打电话问问？"

"因为我很害怕！"我最后回答道，因等待的日子和珍妮的坚持而疲惫不堪。我们在珍妮的房间，坐在床边，盯着鞋子，好像地板随时都能打开。

珍妮严肃地说："如果你想知道消息的话，我可以打电话。"

我吓了一跳："你疯了吗?!"

在那张柔软的床上，我的突然反应使她像在蹦床上一样跳了起来。

"你冷静点！"珍妮大叫道。

我们都紧张得跳起来，我深表歉意："对不起，我就是个疯子，感觉自己的双手冰冷！"

珍妮捏紧我。"天哪！你在发抖！"她担忧地看着我说，"你不能这样！你太过紧张了，放轻松，随它去！"

那时我恢复了精神。放弃？绝不！我从珍妮温暖的手中抽出手来，拿起手机，用充满战斗力的语气宣布："你说得对！我得打电话。这样，那个家伙会因为不让我知道消息而感到羞愧，我们说到哪儿了？"

"很好。"珍妮说着，热情地拥抱了我。然后，她看我快速地输入信息，皱了皱眉，说："你不是说你要打电话吗？"

我耸了耸肩："她也许不回电话，还是发短信更好一些。"

珍妮点了点头，尽管我余光看出她并不信服。是的，我有点胆小，但如果我打电话，肯定会更糟，我可能会患上严重的失音症，无法开口说话！

我发送了条简短的信息。

> 你好，克劳蒂娅。很抱歉打扰你，但我想知道你是否已经阅读了我的文章，能否告知我一些消息。非常感谢，再见。米娅。

珍妮看了并赞同这个短信。

最后，我躺在了床上，筋疲力尽，好像自己刚参加了一场马拉松比赛！我闭着眼睛沉陷于床垫，就好像被埋在一块巨大的棉花团里。珍妮也模仿我躺了下来,十分同情我。

这种轻松持续到手机铃声响起。我跳了起来,张着嘴,盯着显示屏上出现的"私人电话"字样。珍妮抓着枕头抱在胸前,脸上充满了惊愕的表情。

"是她!"我低声说道。

这件事让珍妮荒谬地产生了恐怖:实际上,她用枕头捂住了脸,仿佛害怕天花板会塌下来。

我深吸一口气,再呼出去,然后按下接听键:"喂?"

"是米娅吗?"一个女性声音问道。

"是我。"这次我回答得好像吹口哨一样。

"我是W日报的鲁米。"

那是谁?她似乎读到了我内心所想:"编辑处秘书。克劳蒂娅请求你谅解,她实在是太忙了。"

我结结巴巴地说:"没关系。"我用了自己最讨厌的一个短句,居然退化到电视垃圾秀老大哥的程度。

"好的,我想通知你,你的文章已被我们的编辑部退回,很抱歉,那不是我们期望的文章。"

我像被晴天霹雳击中了。这位鲁米女士并不是个委婉之人,也许我在电话里说了一声"啊",而她却照样用冷冰冰的语调继续说:"克劳蒂娅要求的是一篇关于风俗的文章,而不是宣传你们学校的,这些琐事谁会感兴趣呢?新闻以消息为基础,鉴于你以记者身份自我介绍,这点你也应该知道。"她机关枪似的话中间夹杂着嘲讽的语调,彻底击垮了我。

"我很遗憾。"说到这儿,她对我的清算也该结束了,可她还继续抱怨道,"更令人遗憾的是浪费了我们的时间。由于你是校长指定的,为避免误会,我们也把文章交给了她,她也有些失望,我实话实说,如果你不介意的话,你这文章也就是中学的一篇小作业。"

"没关系。"我按常规说着,因为当我意识模糊时,头脑里只剩下像散落的碎片一样飘浮的词句。

我想放弃

在我看来,我们女孩几乎一致认为:和男孩在一起很美好,但有时候还是需要倚靠自己最要好的闺密。这就是我的文章被拒绝之后发生的事情。

幸运的是,不可弥补的事情是在珍妮的保护之下发生的!首先,我的闺密珍妮不同于肖恩,她并不说那些鼓舞人心的话。我不是一个优雅的女生,我需要像珍妮那样完全、直接地发泄,破口大骂,充分完美地表达了我的想法。

甚至,骂到一定时候,倒是我不得不说:"珍妮,咱们别太夸张,也许他们是对的,我不适合做新闻工作。"

"瞧你说的！"珍妮又开始了她的长篇大论，阿曼达·西格里诺可能都得为此做笔记。她那番话的要旨翻译成有教养的话就是：一堆无知的人无法欣赏你的才华，他们只想剥削你，而你却摘下了他们的面具！

"你知道吗？"珍妮终于结束了她的长篇大论，"我们应该往她们学校扔臭鸡蛋！"

我钦佩珍妮！肖恩绝对说不出来要在毒蛇的巢穴里放臭鸡蛋的话，他认为比喻和惊心动魄的话仅适合在叙述时用，而不是在闲聊时，好像这类话能瞬间变成事实。

但是我的泪水仍在眼眶里打转："最好放下这件事，我还是重新写我的小说吧……"

珍妮像弹簧一样跳了起来："为什么？你要放弃吗？这事多美好啊！"

"我不是放弃，"我支吾道，"因为我想得到更加真实的体验……"

"你是对的。作家也是记者，记者也是作家。"珍妮坚信地说，"若非如此，想法从何而来？"

"需要问一下阿曼达·西格里诺之流的意见。"我痛苦地说。现在提她还有什么用？但要知道，当你陷入悲观主义的深渊时，你往往会陷得越来越深，雪上加霜。

珍妮说："你会明白那次推荐的。"那时珍妮毫不犹豫地向她的母亲推荐我,而她的母亲又把我推荐给了校长。

我还沉溺于自己的不安情绪之中,叹气道:"好像阿曼达并没有被引荐。"

"当然。某些人根本不需要推荐,只要一个名字就足矣。你想如果阿曼达是个可怜人,还能是网络杂志的署名者之一吗?"

"谁知道呢?"我悲哀地说。

"嗯?你知道咱们得做什么吗?咱们上西格里诺爸爸的课吧!这样,我们也拥有成为记者的族谱渊源啦。"

现在,珍妮的"咱们"听起来十分奇怪。据我所知,珍妮无意做新闻记者,而是想成为像玛格丽特·哈克这样的天体物理学家,对此她怀有崇高的敬意。她似乎读懂了我的想法,立即补充说:"玛格丽特也会时不时写文章,甚至写童话故事。也许也对我有用。"

"没错!"我热情回答道,"这太棒了,咱们俩都为同一份报纸撰写文章,你想过吗?你是科学家,而我是作家!"

我们激动地抱在一起。

"抱歉,珍妮,"我脑子里闪出了一点疑惑,问道,"咱们在哪儿能找到西格里诺?总不能上电视吧……"

"不用,碰巧他有一个博客,回答各方提问,尤其是学生的问题。"

"你是怎么知道的?"

"上网啊!"

现在,我对珍妮十分熟悉,足以知道她何时试图打马虎眼:"抱歉,西格里诺的博客和你有什么关系?"

"说实话,与我无关。但是当你告诉我肖恩可能背叛你和阿曼达在一起时(实际上是不可能的),我就开始收集西格里诺的资料……"

"收集资料?"我困惑地看着她。珍妮的说辞像中情局的密探,恰恰猜不出她的意思。

珍妮马上明白过来,向我保证道:"一位出色的科学家都是从调查开始的。"

我认为,探长才是如此,但是努力没有说出此话。

跟读一名著名记者的网课

我们坐在珍妮父母的书房里。实际上,真让人搞不清谁会在这里读书,因为珍妮是独生女,在她自己的房间里读书,她的父亲在外面有自己的公证处办公,而她的母亲回家后大部分时间都在客厅或卧室里度过,整理她巨大的衣帽间。无论如何,在这个小书房里,摆着许多扶手椅还有一张写字台,上面放着珍妮母亲禁止她使用的笔记本电脑。但是珍妮已经破解密码多年(这很容易,是家庭住址),如果她母亲赶巧问珍妮是否碰过电脑,珍妮会从容地回答:"你从来没有告诉过我电脑的密码。"即使珍妮和她母亲有不说谎的约定,正如所见,她事实上也没有撒谎——珍妮的母亲确实没有告诉她这个电脑的密码。

无论如何这次我们得到了机会。珍妮的母亲去了购物中心(她每周去几次,每次至少要逛三个小时),而她的父亲在外用餐不回家。

因此,珍妮立即在网络上给我搜索了一些西格里诺作为记者出镜的视频。他在一间电视演播室里,接受一个女孩的采访。他轻松地坐在扶手椅上,女孩则盛装打扮,居高临下地坐在酒吧高脚凳上,高跟鞋令人目眩,头发梳得非常光滑,就像洗发水广告中的模特那样垂在背上,两个人之间形成了奇怪的反差。

尚不清楚这个电视节目的主题,人们期待一次轻松的谈话,但酒吧女郎似的采访记者恰恰谈论的是新闻技巧!我侧耳倾听,头发光滑的女孩眼睛盯着摄像机,问西格里诺记者首页的优先事项。

西格里诺记者狡诈地笑着,双肘放在扶手上,上身挺直了端坐,这看起来挺不舒服,然后开始说:"首页的规则总是一样的、经典的。"他举起右手,一次更换一个手指,在空中比画着说:"血、钱、性、运动……"小拇指还没有抬起来,而手却转向了自己,仿佛寻找掉落在某处的第五个要素。西格里诺嘟囔道:"还有一个我不记得了,但每个人都知道!"

"社会？"女记者大胆猜测道，轻轻晃了一下那光滑的头。

"不是，什么社会啊！"他果断回答道。

珍妮和我相互对视一眼。"我以为报纸主要关注的是这个。"我评论道。而这个头发光滑的采访女孩用挑衅的口吻说："愚蠢？"

西格里诺发出戏剧性的夸张笑声："哈哈哈！这个挺可爱。"然后，理了理额发，并神采奕奕地说："当然愚蠢也有助于我们的工作，所有人都认为这是一份聪明人的工作，但并不是这样，你不知道能遇见多少愚笨的记者……"说着，还看了一眼采访的女孩。

"真是个浑蛋！"我抗议道，但她似乎一点也不恼火，显然摄影师也已经注意到这点，并正在把她拉成了近景。事实上，这个女记者露出迷人的微笑，在凳子上更挺直了胸膛。

与此同时，这位不可抗拒的大师又恢复了记忆，兴高采烈地说："现在我想起来了！你看，说到愚蠢，通过心理联想，我想起来第五个要素是……表演！"

所有人开怀大笑，视频结束了。珍妮和我对视了片刻，嘴角都朝下撇着，她先像鱼一样张开了嘴，低声喘息："什么！"然后我押韵地接上说："这个！"

"你认为我们必须考虑这些东西吗？"珍妮以一种假设会被干脆拒绝的语气问道。而我却相当怀疑。

"除了方法，也许这是一个重要提示。"在这里，我采用了肖恩典型的乐观态度,"咱们再看一遍并记下要点,然后再查查其他地方。"

"既然你这么说……"珍妮不太信服地回答,但她没有重复播放那个视频,而是无意间错点了另一个视频。西格里诺出现在颁奖典礼的中心,当被授予"年度新闻工作者"大奖时,他表露出极大的满足感。

"但是……"我评论道。

"对不起,这个颁奖仪式是在哪儿啊?"珍妮边问边看着视频。在西格里诺旁边,是一个戴着三色绶带①的男人,身后是一张被装饰的桌子和名牌:蒙特罗托市。珍妮和我大声笑着,所以我们错过了西格里诺在全球通信领域重要颁奖仪式的部分演讲。当我们停止咯咯笑时,我摘录了部分采访。主持人在西格里诺"陛下"面前有些驼背,转述坐在颁奖仪式前排的一个女孩的问题。那可能就是我,因为那个问题是:"如何成为一个像您一样出色的新闻工作者?"

下面是他的回答:"亲爱的,工作是第一位的:绝对没有时间做其他事情!所以,作为第一条建议,我告诉大家要找一个凡事考虑周全、有耐心的好妻子!"市长和主持人笑得很开心,但西格里诺意识到自己做了一件蠢事,继续说道:"找一个妻子,

---

① 意大利的市长在正式场合都斜肩戴着象征国旗红白绿的三色绶带。——译者注

或者根据自己的情况，找一个好厨师或家庭教师！"

这太过分了！我像弹簧一样跳起来："什么？你注意到了吗？一个好妻子等他吃晚饭，而他却在外面到处吹牛！"

珍妮摇了摇头，十分平静地说道："真是个傻瓜，你能想象对玛格丽塔·哈克说这样的话吗？"

有意想不到的人帮我

最后，我决定把一切都告诉肖恩。

顺便说一句，他已经开始不怎么与我往来了，因为我苦恼的那三天回拒的态度冒犯了他。

因此，当我在学校碰到肖恩时，他只勉强跟我打招呼。而且，与他的所有原则相反，他避免了直接冲突。我给他发了一条消息，通知他我在学校外面等他，但他并没有回复我。此外，不知道发生了什么，或许他为了躲避我都能从屋顶天窗溜走！

这就是接下来要发生的事！

我很沮丧。我倒要看看，他那两天的愁眉苦脸、两天的沉默，难道是已经找到自己的慰藉啦？我没有那么肤浅，但谁知道呢！也许亲爱的安迪利用了他那短短两天内陷入的孤独，已经乘虚而入了，现在他俩正在背后嘲笑我⋯⋯我无法再往下想！我的男朋友哪儿去了！他不会不告诉我就走掉吧？除了安迪，如果他遇到其他女孩呢？我怎么能这样忽视他？现在，在这空无一人的学校门口，所有这些无用的问题有什么用呢？

手机响了！会是肖恩吗？但铃声告诉我这是妈妈的电话。

"喂！"我怒吼着，预测着妈妈必然会问的问题。"你在哪儿呢？"我们实际上是在交谈。

"总之，我迟到了半个小时，但我给你发了短信！"

"请你改变一下语气，"母亲冷冷地说，"我打电话是想告诉你，我已经为你准备好了一切，我今天得早点走。祝你愉快！"当她以这种无人称的方式①向我打招呼时，这是暴风雨到来的征兆，而这是我应得的。我惹恼了所有人！

"你大叫什么？"一个熟悉的声音吓了我一跳。我转身看见肖恩开心的表情时，脸红了。我很羞愧，但我希望在我全世界最可爱的男人面前不是这样。我必须待在这里，从尴尬中快速恢复过来，现在我正在变成真正的丑态收藏家了！

"和我的妈妈……"我结结巴巴，"抱歉……我都不再指望你来了……真的很抱歉……"我用金丝雀崔弟②般的声音说道。肖恩在笑，怎么能怪他呢？如果我遇到这样一个疯女人——先在

---

① 无人称的方式指对所有人无区别的方式，其中没有亲人之间的那种个性化特点。——译者注

② 金丝雀崔弟是迪士尼20世纪40年代出品的动画片人物形象，常跟傻大猫搭档。——译者注

电话中大吼大叫，然后脸红得如辣椒一般，之后又嘀嘀咕咕，我也会摆脱她。我努力冷静下来，表现出一种认真的态度，然后重新开始："嘿，肖恩，我为发生的事情以及刚刚丢脸的行为感到非常抱歉，我们能谈谈吗？"

他怎么能不愿意呢！肖恩是动词"谈话"的冠军啊！

他语气十分温和地说："只有一点小小的不便。"但当他又告诉我"我和安迪有约，但可以先陪你去车站再去找她"时，我脸上的笑容立刻凝固了。

"什么公交车啊？我以为我们可以一起吃三明治，但是如果你已经另有约会的话……"我咬紧牙关说出这话，就差一点没有吼起来。

"你也可以来，只要你不想吃……安迪。"他讽刺地说。

"真幽默！非常感谢你的邀请，但是……"我本打算拒绝，但突然意识到也许还会出现另一个场景。啊，不！我一定不会让阿曼达称心如意，把我的男朋友推到她的怀里！"但是我很高兴地接受邀请，尽管我不知道我们何时能两人单独谈话。"

"总之，现在。"他说。

我评论道："多么宽容。"带着些许悲哀，而他立刻生气地回复："你听说过一连消失好几天还不许别人打扰的人这么说话吗？"我的天哪，现在他怒形于色。

"你说得对，我很抱歉。"我退缩了，低着头。如果他问起我，我还会低头忏悔。

肖恩精疲力竭地问我："为什么？我想知道原因，是因为我说了什么话吗？"

"不是！绝对不是！"我相信肖恩理解我的不安，他知道当我用副词攻击时，常常会丧失理智。

"那就告诉我。"他用胳膊搂住我，我们俩都开始低头，几乎要和暴风雨搏斗。

我简短地告诉他我糟糕透顶的经历，承认我没有勇气向他倾诉：我不想因我的焦虑而让他烦恼。

"结果呢？你让我非常担心！"肖恩说道，但语气有所好转。

"担心什么？"我问。我意识到自己有些故作多情，但谁不喜欢听到："我担心你怀疑我，并且不想见到我……"

"怀疑？拜托！你在开玩笑吗？我爱你！"

哦，天哪，肖恩紧紧地抱着我！毫不理会有谁路过，还有阿曼达在等我们。我失去了对时间甚至空间的认知，似乎自己飘浮在空中，处在另一个不再想离开的温柔的维度，也许在那个维度上，我比肖恩待的时间长一点，他拉着我的手来到酒吧，我才终于回过神来，好像是从一个失落的银河着陆，面对满脸恼怒的阿曼达才找回自己。

"可算到了！"阿曼达接待我们，非常无礼，"再等一会儿，我们来吃点零食。"

"对不起,安迪。我们两个解释清楚了。"肖恩说道。

"啊,你们这叫澄清吗?"她嘲笑道,"说得好听些叫亲热。"她边说边以锐利的目光看着我,不管她怎么说,我已经心平气和,对包括阿曼达在内的这个世界都平和了,所以我会像圣人一样表示理解。

同时,我们在酒吧的桌旁坐下:实际上吃午饭已经有点晚了。肖恩还坚持澄清,尽管我真的不想让安迪知道我的事情。

 # 购物狂

获得灵感

有时,一个好故事的灵感无须刻意寻找,它甚至会主动送上门来……这就是我目前遇到的事。我坐在屏幕前,试图寻找一些自己喜欢且令人信服的与新闻相关的灵感,我的狗帮助了我。它湿乎乎的鼻子放到我的腿上,吓了我一跳。

"嘿,罗比,你想干什么?"

它用乞求的眼光看着我。

"现在不是出去的时候,对不起,我很忙!"我毫不客气地说,伸手拍了拍罗比的头,这样它就不会感到难过。罗比突然舔了我。

"不要!你舔我干吗?你没有看到我要写文章吗?"

罗比把头转向一边,看了看白色屏幕,狗狗也明白我处于写作危机,一字未成!

"没错,我知道我还是一个字都没有写出来,这很正常,我正在思考!"我一边说,一边面向罗比,因为与那些身体和头转向别处的人交谈不是一种感兴趣的表现。而我的狗——罗比,受过与其他人相处的训练。至少我妈妈这样说,她收集了一系列如何与自己的狗相处的书籍,特别是英国人写的书(似乎英国人是最具权威的研究狗狗的专家)。自然而然,这些研究影响了全家,我们从来没有想过将罗比当作不受欢迎的客人或没有头脑和感情的"玩偶"来对待。

除此之外,我并不怎么需要这些理论。罗比来到我们家时我五岁,我立刻就知道它是唯一和我融洽相处的伙伴!

我哥哥处在叛逆阶段,正如特隆贝蒂教授说的"从起点上"就不会像我一样,对它肯定是无动于衷的。不过,想起来,贝尔尼那时只有11岁,在我的印象中贝尔尼自从出生就很叛逆,尽管现在他已经快20岁了,还是如此。为了他和我们都解脱,贝尔尼去了另一个城市读书,而他自豪地称之为"独居"。实际上,他与另外四个男孩住在一起,因此可以说,他只是换了个家,那边四个像他一样粗暴、邋遢和粗野的男孩代替了这边两个成年人、一个女孩和一条狗。这样,贝尔尼完美回归了尼安德特人[①]时代，从而证明了进化是一个相对的理论。

不管怎样，贝尔尼对罗比从来没有好感。事实上，罗比总是避免正面看贝尔尼。的确，罗比对贝尔尼惯用的打招呼方式——摇尾巴是出于教养，对狗狗来说，竖起耳朵，欢快地吠叫也是问候。但鉴于贝尔尼只限于拍几下它的背，说几声"大狗、大狗"之类的干巴巴的恭维话，罗比就屏蔽了跟他的联系，避免满怀希望地看着他却情感失落。狗狗就是这样做的：停止和你说话，把你当成随便一个不值得注意的人对待。

而我却无法忽视它。我们两个彼此非常了解对方，如果它在我全神贯注地注视白色屏幕时来打扰我，一定有原因。罗比把爪子放在我的膝盖上低吟。

"怎么了，罗比？"我担心地问道。

又一声低吟。

"你想出去吗？"罗比一听这个词就竖起了耳朵，改变了表情。随便何时都是出去的最佳时刻。也许这对我而言也更好，消遣一下或者去寻找灵感，却不知道这的确是一个好主意，我拴上皮带，被罗比拖着往外走。

[①] 尼安德特人（Neanderthal），常作为人类进化史中间阶段的代表性居群的通称。——译者注

路上争斗

一到户外，我以为罗比的目标是小花园，但并非如此。它直接去往别的地方，朝着喧嚣的街道跑去，那儿似乎不该是狗最喜欢的地方。对罗比而言，没有什么有意思的，只有经常双排停放的汽车、车流、噪声、几棵丛生的树木和成排的商店。此外，人行道上到处都是人，像往常一样，一些人扭头看着体形巨大的罗比。甚至有人竟然还提醒我："你不会让狗到处大小便吧，对吗？"

我展示了小铲子和绑在皮带上的袋子，真想再补上一句："在指责之前，先注意你的视力。"但是我无心打架。

还有那些带着孙子或孙女的有点上岁数的妇人，把罗比看成一种威胁，拿它恐吓孩子。

"快看那只巨大的狗！"她们一对孩子说，小孩已经惊慌不安，准备往奶奶身上爬。"不要靠近它！"而且她们立刻吓唬道，"它可能会咬你！"

不管怎样，她们期待我微笑着安慰说："别担心，女士，罗比是一只非常温顺的狗！"但是在此刻，我脱口而出的是贝尔尼式的恶言相向，回应道："小心点儿，罗比很凶的！"

此时，这位吓唬孩子的妇人成了被吓到的人，拉起孩子拔腿就逃，走前还没忘记训斥我："那你还带它出来？你不感到羞愧吗?!"

罗比疑惑地看着我,它无法完全听明白人类的对话,就像我们听一门外语时只能理解一部分;如果其他人说得太快或带有某种口音,我们真的很难理解。

"没事,罗比,这个男孩想咬你。"

但是罗比已经不再听我的话了,它的注意力转移到了冰激凌店的味道上(只有它察觉得到,依靠敏锐的鼻子识别气味),拉着皮带冲向顾客盈门的商店。

"不可以,你知道吗,冰激凌对你不好。"我试图和罗比讲道理,但罗比已经盯着一位手拿锥形冰激凌的女士。现在,罗比最善于做的一件事情就是立即区分出对方是敏感还是冷漠。例如,这位健壮的女士一见到罗比就两眼发光:"多漂亮的狗啊,多可爱啊!快看它那双大眼睛!你喜欢冰激凌,对吗?"

"汪!"罗比昂首挺胸地坐在她面前叫着,这个小滑头!我拉了一下皮带,试图施加我的权威:"罗比,不可以!"

"但吃一点冰激凌根本不会伤到它!"那位女士说着,已经准备将冰激凌里的奶油饼干递给罗比,而狗狗则在眨眼之间就把它吞了下去。

"多饿啊!小可怜,多饿啊!"那位女士嘀咕着,责怪地看着我。

"不是饿,是贪嘴!"我愤愤地说,然后,我转向还含情脉

我想当个小记者

脉看着美食分发者的小叛徒,"走吧,罗比,够了,不要打扰这位女士。"

"它没有打扰我,它确实想吃。"

我知道罗比不是麻烦制造者。我希望这位女士最好能知道间接指责的修辞手法,也就是"指桑骂槐"。

现在,碰巧狗狗遇到了两类人:惊恐之人和关心的人。通常,后者比前者更危险,因为他们行事更虚伪、强硬。

"接着,再来点奶油,亲爱的!"那位女士说。而我试图阻止她:"别,别,求您啦,罗比它……"

"咯吱咯吱!"罗比的几口吞咽打断了我,我蹲下来,几乎与罗比一样高。"立刻停下,否则我发誓再也不带你出门了,明白吗?"我对罗比说道。

罗比垂下眼睛,懊悔地发出一声低吟。

"这是干什么?威胁它吗?"那位女士问。

"冰激凌会让罗比不舒服。"这次我声音更大且更坚决地重复道。

"你在说什么?"冰激凌老板插了进来,面带微笑地从柜台探出身来说,"我的冰激凌不会危害任何人,更不用说像这样的好狗了!"

罗比似乎明白它又获得了另一个强大的盟友,并以低吠加以回应。

"但这太不可思议了！它就差开口说话了！"这家冰激凌店老板评论道，所有顾客都表示赞同，因为我们现在已是关注的焦点。

"没错。"我边说边盘算着带罗比逃离这些临时观众。我该对这个聪明的明星说些什么呢？另一方面，罗比会说话，我和我的家人跟它一起生活，都十分了解它。此外，罗比脸皮厚，它正在展现这点，腾空跳起咬住喜爱它的人扔过来的一块沾满巧克力的华夫饼干。

我很生气，离开冰激凌店走出一定距离后，就盯着罗比说："你要来这边就是想着这儿吗？来讨冰激凌吃？"我埋怨着。罗比看着别处，没有听我说话。天哪，它居然对我的话跟奶奶一样假装完全听不见。现在，我明白它多能让人生气了！

罗比大叫，摇晃着脑袋，直奔烤肉摊。

"绝对不可以！"我试图阻止它，但我感到恐慌，罗比不听！另外，我的手机在口袋里一直振动，我不能接，因为我双手正忙着抓紧皮带。

我们离烤肉摊还有一定距离呢，就有一位顾客感受到罗比的热情，撕下一块面包扔了过来。

"抱歉，嗯，但您不应该……"我抗议着，但那位顾客耸了耸肩，另外一位给了罗比一小块牛肉。经理从货摊出来，问我："小姐，我也给您做一份吧？"

"不,非常感谢……"我试图用温和的语气回答,然后歇斯底里地大喊,"够了,罗比!"

这是什么形象啊:我得给人一种突然变换的杰克医生和海德先生①的印象。

"人养狗是要指挥它的。"当我凶狠地拖着罗比远去时,听到背后有人如此评说。而且,罗比似乎并不在乎我的想法和没吃到的烤肉。实际上,它此刻已经在华夫饼摊下埋头舔吃所有的碎屑,比吸尘器吸得还干净!

我的天哪,着魔了!罗比从什么时候开始变得如此贪吃?

同时,手机再次连振动带响铃地闹了起来。

"喂!"我紧张地喊道。

"嘿,我打扰到你了吗?"珍妮的声音有些闷闷不乐。

"没有,抱歉,但我处境危险!罗比让我发疯!"

"你在说狗吗?它不是挺乖的吗?"珍妮被吓到了,反问道。

---

① 与狄更斯同时代的英国著名作家史帝文森写的《化身博士》(*The Strange Case of Dr. Jekyll & Mr. Hyde*)讲述受人尊敬的科学家杰克医生喝了一种试验用的药剂,在晚上化身成邪恶的海德先生四处作恶,终日徘徊在善恶之间,其内心的内疚和犯罪的快感不断冲突,令他饱受折磨。这种貌似荒诞无稽的故事其实蕴含了最深刻的人性命题:人,到底是简简单单、黑白分明、一成不变的非善即恶,还是既善亦恶,时善时恶?——译者注

"是啊,你知道,我在大街上……罗比不听话……它胃口大开!"

"什么?"珍妮惊恐地问道。

"胃口大开,就是一直都要吃东西……"我解释着,声音里带着愤怒。而此刻罗比开始全神贯注地盯着做可丽饼的女孩。

"你不是说你在街上吗?罗比怎么能不断地吃呢?"

"可你知道这一带有多少种食物吗?"我尖声说,然后对罗比大叫道,"够了,罗比!可丽饼不行!"

"米娅,你在听吗?"珍妮担忧地问道。

"是的,我在听,抱歉。只是这个傻瓜正在吃柠檬可丽饼,现在我得付钱,抱歉,我得挂断一下。"

"马上给我回电话,我们收到了特别的邀请,我必须告诉你一切!"珍妮高兴地说着,她当然不能理解罗比变成一只贪吃狗的悲剧。不过,老实说,在我们这两个正在疯狂的家伙中,我看起来气急败坏,气得眼珠都红了;而罗比在吃饱后,边跟我走,边叹息,还偶尔抬头仰望天空。

收到特别邀请

回到家,发现妈妈半躺在沙发上,她一定是在我带着胃口大开的罗比出去转的时候回来的。奇怪的是她竟然没有打电话追问我："你在哪儿？"

我立刻感觉气氛不对。首先，家里过于安静，平时，妈妈回来后，家里通常就变得生机勃勃：洗衣机启动了，收音机开始播放，厨房里微波炉、烤面包机、电动搅拌器、计时器等嗡嗡作响。妈妈像一只工蜂从一朵花到另一朵地忙着，所到之处都打开了灯，所以家里几乎所有房间都亮了起来。

此外，我必须识破用意，妈妈以一个相当戏剧化的姿势蜷缩在沙发上，当我进来时，她勉强抬头问我："你去哪儿了？"

"和罗比一起出去了。"我说着，而罗比则对妈妈毫不吝啬地展现它那一连串的问候和亲热，甚至感动得妈妈起身搂抱它。当然，你无法想象这个阿谀奉承的家伙在试图以矫揉造作的方式来掩盖它的罪恶——贪吃！

"罗比，亲爱的罗比，如果你不在的话……"妈妈的低吟引起了我的愤怒。

"啊，是吗？你应该看看这个怪物刚才的样子！它因为贪吃搞得一塌糊涂，还偷了可丽饼……"

妈妈皱着眉问："你带它去哪儿了？"

"附近，街上……"我说道。但她生气地打断了我："为什么？狗应该去花园，而不是去往喧哗闹市。"

"太好了！"我出于愤怒语无伦次地回答道，"可罗比非要去啊……我拽不住它……总之，它快折磨死我了！"

妈妈抱着罗比的头,护着它。她摇了摇头,喃喃地说:"你甚至都不知道被某人折磨意味着什么!可怜的罗比!"我发誓,罗比在我妈妈的护庇下狡猾地看着我。妈妈抱着罗比,又躺回到沙发上。这些会表演的家伙!上帝确实造就了他们,他们真是天生一对!

我愤怒地离开客厅,没有问妈妈发生了什么事,她竟如此垂头丧气。相反,我打电话给珍妮。

"和胃口大开的家伙处得如何?"她开口就问,甚至都没有问候我。

"是馋鬼,"我纠正道,"我都筋疲力尽啦。"

"罗比从何时起有这个毛病的?"

"不清楚,我也是今天才注意到啊。"

"抱歉,但我认为你在夸大其词。所有的狗都贪嘴,想要吃的。我姑姑的狗贝巴吃得变成了球,姑姑不得不严格控制它的饮食。"

"你也开始说我,太夸张了吧?我妈妈已经因为我带罗比去街上而生我的气……"我开始抱怨,但此时珍妮打断了我:"不,抱歉!无论如何,忘了罗比,有个好消息:我们被邀参加睡衣派对!"

"太好了!"我高兴地大喊道,"在哪儿?什么派对?和谁?"

"等一下我向你解释,全班都去,星期六晚上在卢克雷齐亚家，真是太棒了！这是一个预告，你随时都会收到邀请。"邀请很可能通过短信发送。

"这太让人震惊了！"我说着，用了这几个星期以来广泛流行的说法，表示最大限度的惊讶。"我可以把这事告诉肖恩吗？"我问道，恢复正常的唯一方法便是度过一整晚，甚至穿着睡衣与肖恩共度一夜！这才真是令人震惊！

珍妮沉默了几秒，然后说："但是……我认为这只限于咱们班……也许你应该问卢奇。"

我怀疑这两个人已经进行了广泛的讨论，并就抵制违规达成了共识。因为班上大多数同学都是单身，情侣很少。

"我不知道还要给卢奇打电话。"我嫉妒地说。

"她很慷慨地邀请咱们所有人，不是吗？"珍妮对我说，"你会见到一栋令人震惊的房子！"

"为什么这样说？你去过她家？"我顿时沉下脸问道。

"当然去过，你不记得了吗？两个星期前她生病的时候，我给她送过作业……"

总之，我忽略了太多事：首先是罗比的贪吃，然后是我最好的朋友珍妮和班上成绩最好的卢克雷齐亚·里纳尔迪之间的友谊。我和珍妮之前还说过她的坏话，现在我发现之前提及的卢奇作为组织者肯定会禁止如此嫉妒之人参加派对！

揭露一系列秘密

我不记得是在哪里读到的,我们的秘密比真相要多。事实上,就像莎乐美的七层面纱,似乎到了在我面前一个接一个揭下的时刻。虽然,说实话,我只有四层,但它们是很重要的秘密——哪里是面纱,是马戏团的厚篷布!

第一个秘密

我不断对自己和其他人反复重复的是什么?是肖恩是一个有分寸的温和之人,他从不大声说话,总会避免冲突,总是寻找话题聊天。简而言之,这是一个罕见的英国绅士模范,而且是老派的绅士。总之,可怜的肖恩有陈旧到发霉长毛的危险。可是,在突然得知我将在卢克雷齐亚·里纳尔迪家中过夜的消息后,他平常的镇静自若却荡然无存。这就是我的肖恩,在那之前,他一直深情地握着我的手,皱着眉头,并以挠耳朵为借口,抽开了手。

"睡衣派对到底是什么?"他装傻地问。

"按字面说,就是每个人都穿着睡衣的聚会。"我欢快地解释道。但是我已经开始理解为什么肖恩沉思:他心情沉重,因为肖恩的脸色唰的一下就变成了铅灰色。此时他已镇静下来,至少他的声音平淡,继续询问道:"然后呢?我的意思是,聚会什么时候结束？"

"第二天早上，应该是这样吧。我们所有人都聚集在客厅，很棒吧！"

"啊！"肖恩忍不住大喊道，"所有人一起睡！穿着睡衣！而我不在那里！"

"确实如此，很抱歉。"我说道。其实，我也无须为此道歉，因为组织聚会或邀请大家的不是我。"我试着问过珍妮，但邀请仅限于我们班的，你知道，我们已经是26个人了……"

但通常平静地听我讲话的肖恩，怒气冲冲地打断了我："……当然，没关系，我是多余的人！我不想破坏这么有趣的聚会，错过就错过了！"

"可是，肖恩……"我睁大了眼睛，很惊讶，"你怎么啦？"

"我怎么了？你意识到了吗？如果我告诉你一个所有人参加的睡衣聚会，也许有人穿着睡衣，更别说透明睡衣了，总之，如果我去我的一个女同学家参加这样的聚会怎么样？嗯？"他一口气提出了这个问题，非常激动，以至于都没有意识到这样说是不合语法的，而且有些难以理解。

"我说过，这不是我决定的。你在讲什么？与透明睡衣有什么关系？我说了睡衣，我们都会穿着睡衣……"

"长款的深色睡衣。"肖恩说道，突然变成了可怕的审查员。我目瞪口呆地看着他说："肖恩？你是要我穿长罩袍吗？"

肖恩似乎清醒了过来,红了脸:"天哪,不,不是,当然……"他结结巴巴,感到困惑不已。于是我开始进行反攻地问:"你不相信我吗?"

"你在开玩笑吗?米娅,我当然相信你。"他再次皱起眉头嘟囔着,"我不信其他任何人。"

"谁?我的同学们吗?"

"是的。我知道,你会告诉我他们是善良的,但是你和我说过的那个马特奥·巴尔达奇,那个爱开玩笑的人,可能会利用这个机会……"肖恩情绪激动地说。

"因此,为避免误会,我最好穿着长罩袍去,或者根本就不去。"我干巴巴地驳斥道。

"我没有那么说。"他竖起了防御壁垒,我知道这个古老的计策——首先间接提到,然后澄清并没有这样说,被称为故意误解的策略。

我看着肖恩。他垂头丧气,忧虑不安,咬着下唇。若要我说真话,这非但不让我生气,反而令我感动。太可爱了!再说,他虽然不想承认,却很吃醋!的确,肖恩讨厌这些夸张、冲动的反应,只是一时冲动才这样。而我却常常因一时冲动而失去理智,我用胳膊搂着肖恩的脖子,喊道:"亲爱的!你吃醋了!"

"不是这样!"他抗议,僵了片刻,"这并不是吃醋。"肖恩说着,恰恰像所有吃醋的人那样。然后,他开始胡说:"这是为了……一种排斥感……难以理解……缺乏了解……"整个对话完全失去了它的意义,我不得不承认肖恩是一个掩藏得极好的非常爱嫉妒的家伙!

第二个秘密

尽管我已经向肖恩保证我不会穿任何透明的或有挑逗性的睡衣(是肯定引起一些奇怪想法的那种……),但我还是决定要给自己买一件新睡衣。我决不会穿着我那件黄鸭子睡衣参加卢克雷齐亚别墅里的派对!这意味着我会被嘲笑。我的确需要一件漂亮的睡衣,尤其要有一些特别之处,带有一些花边,也许有些低胸,就像我在一些杂志上看到的那样……是的,我意识到这又是我的另一个秘密:我爱虚荣!

我没想到一次聚会竟然唤醒我的野心,以至于逼迫妈妈买新睡衣。出乎意料的是,我的母亲同意了,并且充满热情:"你是对的,亲爱的。这是一个派对,你需要一件好东西,你不能出丑。"

现在,我还没有想到出丑的问题,但是妈妈似乎脑子里很清醒:"你会发现每个人都会穿着时髦的睡衣,你怎么看?你要明白,里纳尔迪家!看起来不像,但是你的同学们都会做好准备!"

我忽略了做准备的同学是谁,这一次我尽量不跟妈妈唱对台戏，她已经想到在商场，甚至在一系列商店里，能够找到贴身内衣的最佳品牌。

"你需要某种特别、简单而优雅的东西，也许要短一些，我前段时间看到了几套喜欢的服装！"

"现在，真的很短……"我回答道，想起了肖恩的忧虑。

"为什么不呢？你若不穿短睡衣，谁应该穿呢？对于女孩来说，短款睡衣十分流行，你知道那个超级亲密的广告吗？"

我头发都竖了起来：妈妈说的是顶级超模穿着的镶有花边、带有面纱、躯体几乎不给人留有想象余地的那件，这很难想象！只需我告诉他，肖恩就会发疯。但是，另一方面……睡衣派对后……如果有机会，趁晚上父母不在家时我邀请他，在他面前炫耀……只是幻想了一下，我就脸红了。但妈妈在这件事情上是对的：我必须满足自己的虚荣心，我必须穿短而性感的睡衣。舍我其谁啊？这时，我变成了爱慕虚荣的米娅！

第三个秘密

我们知道购物是一种现代化的狩猎形式，因此妈妈和我像两个现代亚马孙人外出购物：妈妈穿着马术裤和高筒靴，配以风衣和帽子；而我穿着牛仔裤和靴子，搭配外套和斜挎包。我们准备好去奥莱莽林里寻找一件完美的睡衣！我们甚至都没有想念罗比，它一看到我们穿好衣服准备参加狩猎探险，就已经在门口狂欢了。

通常，狗都被拴在超市入口的栏杆外，或者被关在汽车里等候，从风挡玻璃里露出疲惫的表情，还有一些被主人硬拽着在购物中心的走廊里夹着尾巴走。罗比一看到奥莱，反而高兴地低吟，双眼闪闪发光地跳下车。

我一直都知道罗比是一只奇怪的狗。它会看动画片，当看到它的英雄史酷比时会高兴地吠叫，这绝不常见。它与主人一起做瑜伽，罗比能跟妈妈一起在客厅做各种姿势。这一切都是因为妈妈读了一本关于与动物共同运动的书。我觉得去跑步、游泳或骑自行车，这些都适合让狗狗参与，但坦白地说，瑜伽似乎并不是狗能胜任的训练科目。但是，当我母亲想到某些"无可争辩的"（无法证明的）理论时，要改变她的想法是相当困难的，这些理论是"最先进"的研究结果，而不是美国科学家碰巧发现的，众所周知，他们特别狡猾。

简而言之，即使在购物中心，罗比也展现出了特殊的品质。不得不说，我们去的地方不是一个简单的购物中心，而是一个小镇，那儿并不是一排排普通的房子，而是成排的大型商店，小路旁有很多长椅、花坛、树木，在大型商店橱窗包围的广场中央甚至还有一个大型喷泉。很多家庭经常带孩子光顾这里，孩子们或坐着婴儿车，或由父母牵着手，有点像逛动物园。甚至还有卖棉花糖的小贩，但里面没有游乐园，只有一个放映厅，一直播放动画片。

简而言之,这是一个"封闭"的村庄,里面的一切东西都是有偿的,甚至是在孩子们看动画片、骑塑料驴或坐电动火车转圈的大厅,都到处播放着音乐,震耳欲聋。另一方面,整个村庄都被罩在巨大的玻璃穹顶下,到处都开着空调,不让人们像走在街上那样夏季流汗,冬季受寒。

一进去几秒,你会感到饥饿,这些不容错过:里面有各种各样的酒吧和餐馆,有冰激凌、新鲜出炉的意大利面、比萨饼和面包、香气扑鼻的三明治和奶油蛋卷、烙饼、薄饼、丰盛的甜点和腊肉,即使是最挑剔的人也会感到满意,更不用说像罗比这样的馋嘴狗了。除此之外,这个地方充满了好心人,随时(众所周知)扔给罗比一些比萨和热狗,罗比不顾妈妈的命令狼吞虎咽,母亲先是平静地喝止它,告诉它不要接受陌生人的食物,然后就越来越不耐烦。

"不要吃了!"最后,妈妈歇斯底里地尖叫起来,然后,强拽着罗比,在那些责备的目光下匆匆离开,还能听到身后有人说:"可怜的小狗!"妈妈恼怒地问我:"罗比到底怎么了?"

我想说的是,她只是经历了几天前发生在我身上的事情,但当看到她心烦意乱又满头大汗时,我有些同情妈妈。顺便说一句,至此为止,我们还没到达内衣区。

"听话,罗比,"妈妈盯着罗比,责备道,"现在冷静下来,不然我会把你锁在车里。"

罗比闭上嘴,看起来非常认真,然后妈妈告诉它:"好的,现在我要把你绑在这里,米娅和我去买东西,你要保证乖乖的,明白吗?"

"汪!"罗比大叫道,表示赞同。但当我们把它拴在绑狗的栅栏上时,罗比的表情很痛苦,其他狗也像它一样在那儿站着或趴着,每只狗都拴在一根柱子上。我不知道为什么,觉得那儿很像一个小型的关塔那摩①。妈妈也很同情罗比,对我说:"咱们尽量快点。"

但是,众所周知事情会发展成什么样。一进到内衣大卖场,人们就失去了时间概念。因为除了睡衣外,我还发现需要内裤、文胸、棉T恤和两个彩色胸衣,而妈妈原本是来给我出谋划策的,现在却把自己锁在更衣室里,拿着豹纹紧身衣、丝绸内衣和至少两个不敢给我看的俯卧式文胸,当我注意到妈妈躲藏的意图时,她悄悄溜进了我旁边的更衣室。

站在镜子前,我决定违背对肖恩做出的承诺,为自己买一件浅绿色的睡衣,它配有极薄的泡泡袖,饰有玫瑰花纹的圆领,非

---

① 关塔那摩(Guantanamo),古巴的一个省,是古巴最东端的省份,那里的关塔那摩基地是美国最为重要的海外军事基地之一,最多时有三四千名军人。大名鼎鼎的关塔那摩监狱,就位于关塔那摩湾东海岸。——译者注

常适合我！在最后一刻，我还选了长短两种板型的裤子，设计师可能考虑到了天气冷热或吃醋的男友。

当我们回去接罗比时，发现它十分沮丧，以至于妈妈安慰它说："来吧，我们去逛逛动物区。"

我们的拉布拉多①复活了。

刚刚跨过宠物店的门槛，罗比的每个毛孔都散发出喜悦，它冲向玩具，玩橡皮骨头，玩球，在室内浴缸里打滚，钻进温热的狗窝，还想不惜一切代价做桑拿。动物里没有圣人：罗比绝不离开香水货柜，直到我们给它拿了一个喷雾剂，一位勤快的女售货员赶快向罗比周围喷了些，然后还仔细为罗比刷毛，好推销她的"查克拉②刺激"刷。

妈妈和我筋疲力尽，罗比看上去平静了下来，但它趁着我们疲惫，朝一些彩色地毯猛冲而去。一块牌子上写着"抗跳蚤、抗压力、柔软、加碘、保暖，一端还按摩腿部"！罗比享受地躺在那里，如果不买一块就无法离开。店员目光严厉，还责怪我们：

---

① 罗比就是拉布拉多猎犬，又称寻回犬，适用于做导盲犬、地铁警犬、搜救犬和其他工作。因原产地在加拿大的纽芬兰与拉布拉多省而得名。这种犬十分聪明、警觉、善解人意，现分布于世界各地。——译者注

② 查克拉在印度瑜伽的观念中是指分布于人体各部位的能量中枢，尤其是指从尾骨到头顶排列于身体中轴上的。中文里也译为脉轮或气卦。——译者注

"可怜啊,它是对的!它值得要一块抗压毯!"

我们——妈妈和我在自问:是否养得起这样一条消费惊人的狗。这就是揭露的第三个秘密:罗比病了!

第四个秘密

在我们开车回家路上,妈妈承认:"我欠你一个道歉,亲爱的,前几天,我还为罗比责备你,今天轮到我了,这狗确实不对劲啊。"

"的确如此。"我担忧地说。

与此同时,罗比在后车座趴着,通常会露出它的头部,也许它有点内疚,也许它这一天太累了。事实上,购物就像半程马拉松一样让人筋疲力尽。

"遗憾的是,我低估了这个问题。"妈妈继续说着,眼神越来越痛苦,"此外,我今天过得很糟。"

我保持沉默,因为妈妈的工作几乎一半都是这样度过的:她的老板给她压力,削减了妈妈部门的资金;她的同事生病了,他们冲撞了妈妈;咖啡机坏了,一名病人投诉了她……总之,妈妈越来越频繁地抱怨,说她是时候退休了。妈妈从未想过换一份工作,她总是自我安慰说自己很幸运,能得到自己的工作和薪水,甚至感到满足,有好同事,而且工作进展正常。至于退休,似乎还是海市蜃楼一样遥远的事。

总之，对我来说，这种糟糕的日子似乎是一句老调重弹的话，只是为了表明工作很辛苦，正如我抱怨学校以及特隆贝蒂教授一样，其实教授非常精明能干、和蔼可亲，同时也要求严格。

看到我一直保持沉默，妈妈问我："你想不想知道一个消息？"

"是好消息还是坏消息？"我谨慎地问道。

"我不知道。"她在说谎。如果这是个好消息，那么语气将完全不同，而且最重要的是她已经直接说出了"自己判断，是关于奶奶的"。

噢，我想了会儿，即使我已经了解与谁有关，还仍然问道："哪个奶奶？"

"玛丽亚奶奶。"也就是爸爸的妈妈。

"玛丽亚奶奶怎么了？"

"你不会相信，她想去印度。"妈妈最终悲伤地说道。我却有些激动："天哪！去印度？厉害！"

"这没什么令人兴奋的，玛丽亚奶奶几乎八十岁了……"

"没有，才七十五岁！"我反驳道，因为妈妈有为自己利益总是夸大事情的习惯。

"总之，她很老了。"妈妈生气地回答道，"另外，你要知道，玛丽亚奶奶并不想做一次快乐的旅行。"

"那为什么现在又想去印度呢？"

"她疯了。"妈妈斩钉截铁地回答说,"她想追随印度圣人、瑜伽导师帕鲁吉!"

我突然大笑,因为这听起来像是在开玩笑。谁是瑜伽导师帕鲁吉?瑜伽熊的亲戚?在迄今为止揭示的所有秘密中,这似乎是纯粹的幻想,是母亲夸大了玛丽亚奶奶的怪癖,总之,这是一个美妙的误解。但妈妈全程都没笑,她继续绷着脸,紧张地注视着风挡玻璃开车。我们之前在购物中感受到的刺激已经完全因犯浑的罗比和轻率的奶奶而消失殆尽了。

了解一种新的疾病

必须承认妈妈是对的,人们参加派对都是"有备而来的",即使是一个同学间的睡衣派对。实际上,到卢奇家的女同学们都在炫耀自己的衣服,有的就像真正的晚礼服!而男孩子们并没有过多关注穿着:有的穿着运动服,或穿着那些可能是从祖父那里借来的衣服,有的一定想过要在监狱里过夜,穿着囚犯的灰色制服。

而卢奇家根本不是监狱!尽管位于城市中心,却是一栋被绿树环绕的别墅,宽敞的客厅与一楼的露台相接,卧室和书房(我已经数过,至少两间)在二楼,有一个地下酒窖,甚至还有一个漂亮的阁楼。你至少可以这么形容这样的房子:令人震惊!

我多么想与心爱的肖恩在那个美丽的阁楼过夜！我已经看到自己坐在靠近他的花沙发上，同时我们透过天窗看月亮，我告诉自己，我和肖恩长大后拥有这样的房子肯定很浪漫。遗憾的是阁楼是卢奇父母的家庭影院，对我们这些来宾是禁区，我们只是在地下酒窖吃晚餐，听音乐（有一点像舞会，因为"房子"嗜好者卢卡·加里姆伯蒂的那份执着），看电影。

我为没有男朋友在身边而感到遗憾，尽管珍妮和我的同伴让我觉得，在这样的情况下，我应该忽略一下肖恩。事实上，我们尽情聊天、讲八卦；我们胡言乱语，捧腹大笑；我们比赛竞选最佳歌手、最让人开心的节目、最垃圾的节目、最卑鄙的人物、最可怕的表情、最滑稽的动作，等等。

世界上没有哪个男孩愿意忍受这样的聚会。实际上，几个同学正在玩纸牌，有人开始关注晚间篮球，只有两个男生加入了我们，在早已准备的床垫上围坐一圈。加入我们的分别是斯特凡诺和皮耶吉奥吉。斯特凡诺爱上了瑟琳娜，几乎所有人都知道，只有瑟琳娜每当有人指出可怜的斯特凡诺对她爱慕的眼神时，她都耸肩否认。而皮耶吉奥吉是唯一一个可以和我们女生在八卦比赛中竞争的人，是他指出了年度最卑鄙之人，他模仿MTV（音乐电视）的变装女王维拉的样子，让我们差点笑死。

然后，事情进展如下：很快过渡到了时装。其实，我们所有人都透露自己去过内衣店，使自己的衣橱焕然一新。现在，唯

——个毫无顾虑之人便是我们的主持人卢奇,她穿着浅蓝色的睡衣(好像是丝绸的)。

杰拉迪娜在品牌和时尚趋势方面展现出令人羡慕的能力,并非常肯定地指出了每个人的服装品位。

"卢奇是古典派的。"杰拉迪娜开始老练地说道,不过我自己也能看出这点。

"比如说,你看,玛丽亚·斯特拉像吉卜赛人!"她以专家的口吻说道。

"吉卜赛人?"她激动地质问道,我第一次注意到她的睡衣带有羊绒和花卉图案,裤子很肥。我们都咯咯地笑,但没有人真正地了解那个品牌,于是可怜的玛丽亚·斯特拉惊奇地张嘴问道:"那是什么?"

"有点……吉卜赛的,民间和浪漫的结合。"皮耶吉奥吉解释道,事实上他建议大家从现在开始叫他皮尔。

"那我呢?"其他人又好奇地问。谁知道这些是真的还是假的,但格瑞(杰拉迪娜)在掌声、笑声、欢呼或失望声中指出谁是预科生风格、新殖民主义派、黑暗系。

最后,我们都有点疲惫,躺在垫子上,虽然似乎还没到睡觉的钟点,但灯光已经调暗,并且有人在睡袋里打瞌睡。

珍妮喃喃自语道:"你会说我的是预科生风格吗?"

"好吧,那我呢?新生态学派!"

"你随心所欲,但在我看来有人十分了解什么是预科生风格!"她顿时阴沉地说道。

"抱歉,你在说谁?"

"你知道的,我妈妈,她很关注时尚,她坚持认为这样的睡衣绝非偶然。"通过两根手指用蓝色勾勒出白球衫,在我看来,非常雅致,"你听说过什么是预科生风格吗?是一种预科学校的学生风格!"

"我认为你的睡衣非常可爱。"我试图使珍妮安心,但她不想被安慰,反而坚持说:"不要试图将问题最小化,你也知道我妈妈,她是一个购物狂,你知道她的衣柜吗?"怎么不知道?我差点就脱口而出,但我对此表示怀疑。

"抱歉,珍妮,什么是购物狂?"

"你们从没听说过那种新病态吗?时尚受害人——购物狂?"

"那是什么?输入性疾病?没有意大利语名字吗?"我有些生气,因为有时珍妮就像个势利小人。

"我不清楚,但这是一种严重的病态!那些得了这种病的人会无时无刻不想购物,并沉迷于衣服、著名品牌……"

"哦,我的天哪!"我惊叹不已,"如何治疗这种疾病?"

"这非常难!另外,由于我们受到广告的狂轰滥炸,催促我们购物,所以如何得知患上了购物狂这种病?"

"嗯，如何得知呢？你和你的妈妈是怎么做的？"

"要知道，这是个大麻烦。因为她也意识到了这一点，并以满足需求和感到宽慰为借口自我辩解。"

"感到宽慰？"

"妈妈是这样说的。"

可怜的珍妮，我同情地抱住她，问道："你和你爸爸不能帮助她吗？"

"我不知道。"珍妮摇了摇头，"妈妈就像一个贪吃、肥胖的女人，陷入了甜品世界中，你明白吗？"

我点了点头，但与此同时我感到一阵颤抖。珍妮所做的比较和购物狂的特征让我想起了一个非常接近我的家伙，它可能患有同样的可怕疾病——我的狗！

因此，晚上我们躺在床垫和睡袋上，我没有睡着，在我看来这就是我要写的文章，基于一个真实故事的新闻，但还不确定内容，这就是为什么就目前而言我仅有一个明确的开头。

狗也爱购物

米娅·玛尔塔莉娅蒂

你们多少次谈起自己的狗，都说它只是不会说话？好吧，是时候改变看法了。狗是有话说的！就像任何一门外语一样，我们只是需要理解。越来越多的科学家声称，狗有丰富的情感生活，并且与我们人类非常相似。

那么,如果我们的狗也是和我们一样的受害者会多么令人惊奇!购物成瘾的十岁拉布拉多犬罗比就是一个例子。

发现一位瑜伽导师

睡衣派对的第二天早上,我几乎处于昏迷状态。大厅出现各种"僵尸",大伙聚集在地下酒窖里吃早餐,桌子布置得好似婚礼酒宴,卢奇的父母也在那里,他们非常健谈,试图拉我们融入餐桌谈话。遗憾的是,我们没能给卢奇的家人一些满足感,甚至对于那两只肥胖的虎斑猫,如果我不那么累的话,它们本该立即引起我的注意。

我迫不及待地要回家,钻进自己的房间里,像睡美人一样躺在床上睡它一百年。

然而,有一件出乎意料的事发生了。

我一迈进自家门槛,爸爸妈妈张开双臂朝我走来,好像我是一名前线归来的战士。

"回来了,我们的女儿!我的宝贝!我亲爱的女儿!"他们轮番大叫着。

现在,我没想到自己离开家一夜就能变得如此受欢迎,使我的父母如此想念我。我避开他们的拥抱,对这种故作姿态感到尴尬。妈妈像常春藤一样搂着我的肩膀,满脸笑容地问:"睡衣派对怎么样?一切都好吗?你玩得开心吗?有意思吗?"总之,问了一连串预计没有回答的问题。

"我很累。"我打断了他们,说想回房间。但是常春藤般的妈妈把我堵在门口,她和爸爸心照不宣地交换了一个眼神,说:"当然,亲爱的,我明白。你迫不及待地想睡觉,对吗?"

我有点恼火母亲用对小孩子般的语气和话语,几乎像和一个坐小车旅行回来的婴儿说话,但由于疲惫,我决定不发作,点了点头,朝着梦寐以求的房间又走了一步。但妈妈紧紧地抱住我,同时在我耳边低语:"听着,玛丽亚奶奶在那边。"

"所以呢?"我问道。

妈妈又看了看爸爸,爸爸看上去很担心。

"玛丽亚奶奶……你还记得吗?那天我和你说过的……"妈妈仍窃窃私语着。

"是的,我记得,但有什么神秘的吗?"

现在,我们一直在家门口,并且嘀嘀咕咕地聊着,奶奶打破了悬念,出现在客厅里,双臂向上伸开,像是在做一个赐福的动作。

"亲爱的!"玛丽亚奶奶大叫道。

我惊呆了。

幸亏妈妈扶住了我,否则我可能因惊讶而跌倒。

玛丽亚奶奶穿着长及脚面的修士袍,脖子上戴着一个大圆徽章。我记得她的头发一直往后梳,耳朵上方的头发有两个波浪形,径直地垂在脸部两侧,直到掠过脖子;眼睛画有黑色眼线;额头中间,恰恰与鼻子交接处有一个红点。一切显得几乎不再是她本人了。

"奶奶?"我惊讶地叫起来,同时她以教皇的姿态靠近我,她可能想抱我,但坚持搂着我的母亲阻碍了她。因此,奶奶看了妈妈一眼,但那眼神与她有时对我或贝尔尼的严厉目光大不相同,像是恳求的目光,同时奶奶谦卑地问:"我可以抱抱我的孙女吗?"

这一刻,我开始感受到家人的情感冲动,玛丽亚奶奶紧紧地长时间抱着我。我不明白她身上为什么闻起来是熏香味而不是香奈儿,我担心这事不妙,从爸爸妈妈的表情可以看出来。

与此同时,玛丽亚奶奶放开我,用深褐色的眼睛盯着我,坦白地说,这让我有些害怕。

"那么,你发现我变了吗?"奶奶最终问道。据我所知,这是一个"演讲术"问题。当然,如果我是哥哥贝尔尼的话,就会不假思索地回答:"没有,你还是和从前一样。"但是我不知道如何回答,便回应道:"是啊,奶奶,发生什么了?"

"太开心了!"奶奶说道,转向冷漠地听着我们对话的爸爸妈妈,"米娅什么都懂!"

事实上我什么都没懂，但是奶奶坚持说："听到了吗？米娅说'发生什么'，她知道我的深刻变化，感受到了我的志向……"

"抱歉，奶奶，只有盲人才看不到你的变化……"我坚持道。玛丽亚奶奶激动地说道："年轻人的声音！这就是瑜伽导师帕鲁吉总谈论的纯真！言辞坦率……"

但这时爸爸决定打断她："妈妈，求你了，我们在客厅坐会儿你不介意吧？咱们让米娅安静会儿？"

"啊，不要！事实上你也想听吧？"奶奶抓着我的胳膊说道，就像是我说的。我很累，但我也很好奇。在明显疯狂的奶奶面前，爸爸妈妈的脸色让我很焦虑。

这里，我们需要进入米娅的内心世界：你的奶奶是圣女吗？她永远都不是！当然，我的父母也不想上演悲剧，尤其是喜欢看悲剧的母亲。

所以，我倒在沙发上，从桌子上抓起一块比萨饼，他们可能正准备喝开胃酒（午餐时享用，可虽然已经一点半了，还没有吃午餐的迹象）。

"很好，尝尝这些美味的零食，"玛丽亚奶奶总是用她新近才有的令人信服的声音鼓动我，"我正在准备节食。"

这也是一个大新闻：如果有一个人总是狼吞虎咽，那就是玛丽亚奶奶，她是肥胖体形的顽强支持者。

"节食？"我吃惊地问道，妈妈翻了个白眼，爸爸叹了口气。而玛丽亚奶奶解释说:"是的,我的小花,我在为精神之旅做准备。"

我忽略了那个绰号"小花",问:"什么旅行?"

"我来向大家告别,我将追随我的大师在印度修行。"现在,我非常想问什么是修行,大师是谁,以及为什么去印度,但玛丽亚奶奶一宣布这个令人吃惊的消息,就引起了极大骚动。

爸爸像弹簧一样从椅子上站起来:"够了,别再说这些胡话!我再也听不下去啦!"

"罗伯特,拜托!"妈妈乞求道,又站起来把他留在屋里。实际上,爸爸好像不打算出去,他站在地毯上,甚至他的鞋底像粘在了地毯上。爸爸双手合十放在胸前,仿佛要向这位圣母玛利亚奶奶恳求,但他所说的话绝非宽宏之词:"妈妈,你知道你在说什么吗?去印度!以你的年纪!"

"我不认为我很老。"玛丽亚奶奶争辩道。

"这是荒谬的任性!"爸爸摇摇头,瘫坐在椅子上。

妈妈再次坐在奶奶旁边,试图进行调解:"玛丽亚,你好好想想,这是一趟非常辛苦的旅程,你不知道自己会发生什么,也不知道要去的地方怎样,会遇到怎样的人……"

"我们都是兄弟姐妹,比西·玛丽埃蒂也会和我一起去。"奶奶说道。

爸爸激动地大声喊道:"比西·玛丽埃蒂?可她都八十岁

了！还做过心脏搭桥手术！就连走路都得拄拐杖！"

每列出一个问题,他就会升高一点音量,玛丽亚奶奶责骂道:"罗伯特,别跟我大喊大叫,比西跟老年病学家交谈过,他没有异议,医生说:'如果您感觉可以……'你认为我们这么轻率吗?你怎么敢这么认为?"

"哦,好吧,医生也撒手不管,我明白了。"爸爸嘟囔道。

"但是,这位帕鲁吉先生对一些上年纪的人是否能面对这些困难是怎么看的?……"妈妈突然问道。

"卡拉,算了,"爸爸打断了妈妈,沮丧地说,"那个男人是操纵者。"

"你在说什么,罗伯特?"奶奶平静地睁开眼睛,"帕鲁吉有成千上万的追随者,你认为他们都是蠢人吗?"

"这有什么?操纵可以是大规模的,就像独裁统治一样!"

"这真是荒谬的比喻!"奶奶讽刺地反驳道,"帕鲁吉是一个平和的人,他宣扬博爱与兄弟之情,而不是仇恨。你也应该至少听一次才能体会到这点。很简单,帕鲁吉的节目每周播出两次,再加上周日重播。"

"不要再说了!"爸爸突然爆发了。妈妈试图稳定局面:"好吧,罗伯特,如果你的母亲听这位宣传和平与博爱先生的话,那没什么问题……"

"不是先生,而是一位瑜伽导师。"奶奶纠正道。

"好的，我明白了……"妈妈说。但在她继续讲下去之前，我插嘴问道："瑜伽导师到底是什么？"

"他是教授瑜伽的学识渊博之人。"玛丽亚奶奶闭着眼睛慷慨陈词，"在印度教中……"但父亲激动地打断了她："但你的瑜伽导师根本不是印度人！他来自格罗塞托[①]！"

"所以呢？"此时，祖母不再像奥林匹克运动所倡导的和平那么平静，皱着眉，反驳道，"成为印度教徒，不需要是印度人，就像成为天主教徒，不需要是罗马人一样。"

"当然！"爸爸讽刺道，"他可以很好地宣扬物质财产的自由，拥有一架私人飞机、迈阿密的别墅、豪华酒店、私人电视台……"

"这是青少年才会说的话！罗伯特，你永远都不会长大。"玛丽亚奶奶恼怒地说。

作为青少年的我感到需要参与，便问："奶奶，你打算去印度做什么？你也可以在家看电视追随他呀。"

爸爸张开双臂，看上去心烦意乱。妈妈吃惊地张了张嘴，但玛丽亚奶奶抢先回答道："好吧，米娅知道是对的，这样年轻人才能学习生活的真正价值。我之所以去印度，是因为我决定将我所有的财产都捐献给瑜伽导师帕鲁吉的基金会，并在他的修行所

---

① 格罗塞托（Grossetto），位于意大利中部的托斯卡纳大区。——译者注

里度过余生!"

爸爸沮丧地靠在椅背上说:"我要投诉。"

妈妈低声说:"玛丽亚,再考虑一下。"

然而,玛丽亚奶奶怒目而视,威胁说道:"如果你们阻止我,那就会是一件麻烦事!你们什么都不缺,你们甚至生活在最险恶的消费主义之中。我将把我的住房奉献给正义事业!"

当玛丽亚奶奶提到了险恶的消费主义时,我狠狠地瞥了一眼全程在地毯上打瞌睡的罗比。突然,我重新想起了尚未撰写的文章,并站了起来。爸爸妈妈意味深长地交换了一下眼神,就好像我在奶奶的宣战面前离开战场。我冲到电脑前,对购物成瘾进行了一个简要搜索,然后写下了我的文章,在其中添加了以下内容:

什么是购物瘾呢?不幸的是,这种疾病越来越普及,迫使人们不断购物。

或是无用的物品,或用完立刻丢掉。狗也会同样冲动购物吗?似乎是这样。这种疾病与贪食非常相似,因此很难克制,特别是对一只受到四面八方诱惑、贪吃的狗来说。

无论如何,除了对食物的广泛需求,罗比还对购物产生了一定的依赖。像真正的购物狂一样,罗比也不假思索地在购物中心争取到为自己买了一系列商品,从小玩具到复杂且昂贵的物品,例如多功能毛刷或抗压垫子。当然，宠物市场发展如此之快，以至于今天我们的四条腿朋友都能不错过任何东西，但代价是什么？对狗的主人又有哪些顾虑？最重要的是，对我们双方的健康有什么风险？

向专家求助

当然，成为一名记者很难！在网上查询信息是不够的，而且如果要提供真实的新闻，就不能抄袭其他人的文章。剩下的就是卷起袖子向有能力、有经验之人求教。因此，我决定去拜访罗比的兽医，他从罗比小时候起就认识它，而且这些年来，我跟他也很熟。

"你在开玩笑吗？"当我解释罗比患有神经疾病的理论时，他直截了当地问道。尽管他叫伊拉里奥[①]，但却是个易怒的家伙。可以想象，我怎么会跟他这个不太喜欢玩笑的人开什么玩笑。

"绝对不是玩笑，这是我最近发现的问题。"我非常认真地回答道。

"发现？"他重复着这个词，然后立即用手指指着我，责问

---

① 伊拉里奥的意思是"爱笑的"。——译者注

道,"这是什么意思,你正在对罗比进行实验?"

"哪能呢!就是当它和我一起上街或去商场时……"

"停!"他像交警一样打断我,"带狗散步是一回事,将狗拖到不合适的地方是另一回事。在购物中心任何人都会不知所措,更不用说一只习惯宽敞空间、习惯在户外的可怜的狗了……"他在责备我。

我努力为自己辩护:"是罗比总想购物,不顾一切地埋头奔向宠物店……"

"不要胡说八道!"他再次打断了我。他是一位以优异成绩毕业的兽医,但他没有礼貌。他卖弄学问似的坚持说:"也许你喜欢逛街,而罗比这个小可怜就得适应你,假装开心。"

"我们说不通啊,"我非常恼火地重申,"它喜欢逛商店,我告诉过你,是特殊个案。"

"所有人都这么说,大家的宠物都有特殊情况,你知道为什么吗?"

我们现在像两个对手一样面对面站着,双方都双臂交叉在胸前:"不知道,如果你告诉我的话,我非常感激。"

"因为所有人都倾向于拟人化,但狗不是人类,不是你的影子,是必须尊重的动物!"

"非常感谢你的教训,伊拉里奥。"我冷冷地说。

"不客气,事实上,我建议你停止对罗比的幻想。"

"我也建议你,别再责怪别人,听一听别人的话。"

伊拉里奥越来越不高兴了,脱口而出:"我是兽医,不是心理学家,懂吗?"

"我知道,"我抑制着自己的怒气,但还是忍不住要说,"但总需要了解点儿心理学,尤其是那些与人、与动物打交道的工作者!"

"谢谢你的建议,我会考虑的。"他嘲讽地回答道,最后以"我不想让你再浪费时间"打发了我。这种虚假的礼貌只会加剧我们谈话的不愉快,让我知道他是在浪费自己的宝贵时间。

但我一离开他的办公室,秘书就把我拉到一边。"碰巧我听到了部分谈话……"她低声说道,"别告诉医生,但是……这个。"她给了我一张写有名字和电话号码的名片。"我的可卡犬有心理疾病……"她在我耳边低声说,"这位医生治好了它。"

名片上写着:帕特里夏·蒙特罗医生,非人类动物行为学家和心理治疗师。

非人类动物?令人震惊!

我兴奋地输入号码,听到一个低沉的声音,让我留言问题和电话号码,说会立刻联系我。我支支吾吾地讲述一只可疑的购物狂狗,当我挂掉电话时,我告诉自己,也许我错了,也许伊拉里奥是对的。我常常幻想众所周知的事实。与悲观预期相反,几个小时后,我接到一个私人号码的电话,对方说话的声音尖锐,完全不同于电话秘书的声音,她向我说:"我是蒙特罗医生。明天下午三点带着你的狗,我等你。"

我带着罗比去拜访蒙特罗医生,令人欣慰的是肖恩也在,深受我所说之言语的触动,他决定帮助我和可怜的罗比。此外,他阅读了我写的文章,并称赞了我的"嗅觉"。

他钦佩地说:"你已经证明了你的新闻嗅觉。"

"我从未告诉过你,我的奶奶玛丽亚年轻时是个新闻记者。"我说道。

"真的吗?这是家庭遗传。"他评论道。

"希望玛丽亚奶奶只传给我这一点。"

"为什么?她令人讨厌吗?"

"不,不,只是……有点奇怪……"我掩饰道。

"谁不是这样呢?"肖恩讽刺道。但我的玛丽亚奶奶正准备加入某个印度教派。

顺便说一句,罗比的病使肖恩丢掉了睡衣派对的阴影,显得不再为此特别担忧。我的意思是,听完我的叙述后,肖恩主要关注着罗比的购物瘾。

总之,我们任到了带有小花园的别墅前。罗比高兴地摇着尾巴:它喜欢这个地方,甚至更喜欢门口的医生。毕竟,心理治疗师有一头浓密的黄褐色头发,刘海垂在眼睛上,两边看起来像一对长毛的爱尔兰雪达犬耳朵。

"嘿！罗比！你好，小帅哥！"蒙特罗医生打招呼道。与此同时，罗比稍微摇了摇肩膀，好像在跳芭蕾舞一样。

罗比好奇地竖起耳朵，卖力地摇了摇尾巴。然后，蒙特罗医生低下头，罗比尖叫，模仿着打个哈欠，似乎在说"你好"，但也许仅仅是"汪"，总之，我的狗在交流！

但是蒙特罗医生的诊断和伊拉里奥有些像，在我浮想联翩描述一只会说话的狗之前就给我沉重一击，她盯着我的眼睛说："我要跟你们两个说清楚，狗不会说话，它们有自己的语音和肢体语言，这对理解和识别很重要，但没有人类语言的复杂性。"

"当然。"我回答道，眼见着与宣布我在21世纪发现"狗会说话"的文章渐行渐远！

"说到这里，我想请你跟我描述一下罗比的行为，而不是解释。"蒙特罗医生要求我，但或许应该说是她命令我。

于是，我开始讲述购物中心的场景，但是心理治疗师蒙特罗医生立即打断我："抱歉，米娅。非常重要的一点是你不要说罗比激动、发疯这类话……而是做一个客观的描述，就像你正在窗前观看外面的情景或看电影一样，只讲事实。"

我尽量。众所周知，像观察者一样简练地讲述事情对我来说十分困难。我倾向于用我的情感、想法和想象力补充这些事实。我不得不收起描述之笔，像摄像机那样叙述："我们进入宠物店，罗比摇晃着尾巴，走向玩具货架，拽着皮带，不搭理我们的召唤。"非人道的努力！讲述完，可能这很平常、微不足道，但我感到筋疲力尽。保持冷静、客观太难了！

但蒙特罗医生似乎很满意，她戴着一副滑到鼻尖的眼镜浏览着电脑，看着她头发和鼻尖之间的那双眼睛，就好像一只戴着眼镜的赛特种猎犬在屏幕里追踪线索。

最后，她摘下眼镜，转眼看着我们三个：肖恩和我坐在扶手椅上，罗比安静地趴在我们脚下的地毯上。

她开始分析说："罗比是一条健康的狗。"我十分欣慰。"罗比没有表现出对陌生人的不信任或恐惧的迹象，它的家人肯定给予了它适当的照顾。当我以自己的方式向狗们打招呼时，并不是所有的狗都反应良好，有些狗会感到受到威胁，但罗比不是这样。"

感觉像教授因我作业完成得好而表扬了我，这种心情有点荒谬，因为我来这里不是为了得到我对罗比态度好的评价，而是焦急地等着蒙特罗医生的分析结果。

"你所说的问题可能并不罕见，通常，这些行为都被狗主人视为是任性妄为，只会因它们不听话而施加惩罚。而我们必须知道，我们的动物朋友正在不断观察我们——它们正在研究我们以及我们生活的环境。只是当我们计划并试图控制它们的时候，多数情况下它们是环境的受害者，只能做出反应。"

"这意味着罗比模仿我们的行为吗？"我担心地问。

"它在尝试，这也意味着罗比在期望得到关注。"蒙特罗医生说。

我是购物狂吗？我惊恐地问自己。那妈妈呢？罗比在模仿我们吗？

"我知道你在想什么，"医生温柔地说，"你想知道你是否碰巧是购物狂……然而，今天，我们都是买家，我们去超市、走在到处都是食物和商品的街道上，这是我们的环境。"

肖恩说："确实这样，但有一些人受害多一些，有一些人受害少一些。"他觉得有必要为我遭到消费主义者的指控而辩护。

"确实，"蒙特罗医生惊呼道，"动物只能受环境影响，却不能像我们一样控制环境。"

"在我看来，控制似乎有些夸张。"肖恩说，医生的有些用词让他不舒服。

"我们控制自己的冲动，我们拒绝某些信息，例如，拒绝不停地进食，能对嗅觉或视觉刺激做出反应。我们克制自己，最后比较冷漠地记录所有报价，但我们不能指望我们的狗也同样如此。"

好吧，我们的确不能指望一只狗开始探究消费主义，或者像我的玛丽亚奶奶一样决定离开这个物欲横流和肤浅的世界去往印度！

总之，我想我已经理解了这一课的要义，并可以在文章中为那些关注狗的健康,并且对自身健康感到焦虑的人提出一些建议!这样,心理治疗师的帮助使我感到舒心,并且我已经意识到该怎么做。在大街上,我跟肖恩讨论了这个问题,他和我一样,对自己的所见所闻印象深刻。

"你知道吗,米娅,我真的认为你有做记者的才能。"肖恩重申,"你发现了新闻,使我们对涉及所有人的问题睁开了双眼。"

我想向肖恩坦白,不是我发现了这个新闻,而是它自己找到我头上来的,罗比以它作为狗的敏感性带给了我这个新闻。但肖恩对我崇拜的神情让我沉默:我想享受这一刻。说到底,消息主动找上了我,但我毕竟没有退缩!

因此,这是我文章的最后一部分,准备供编辑阅读并希望获得认可:

> 动物行为生态学家和学者解释说,狗只能受环境影响,而不能像我们一样干预环境。它们生活的环境与我们一样,但尽管我们可以努力限制消费主义,狗却很难抵挡吸引它的那么多诱惑。
>
> 必须承认,这对每个人来说都很难。有多少人是因为"开心""感觉更好""消遣"而购物的受害者?也许狗狗们能够提醒我们,要想获得消遣、玩得开心,最好的办法就是和朋友们在一起,在户外、乡间、海上或山上度过一天。狗和主人可以互相陪伴,但不会消除与朋友见面的乐趣。

除了人类朋友，罗比也需要有它的狗朋友。我带罗比去了山上的公园，没有去购物中心，在那里罗比一下午都与其他的狗互相追逐、玩耍。一条狗会提醒我们，与购买不需要的T恤或抗跳蚤垫子相比，在草坪上自由奔跑、与其他人待在一起会让我们感觉更好、更长久。

虽说一条狗无法干预环境，但它可以帮助我们了解发生的事情，改变我们的习惯，也许会帮助我们意识到自己的行为，帮助我们读懂最好的非人类朋友的内心。

访问运动员

抚慰心灵后的波动

这就是事实。

我很享受自己的文章已经发表在一家全国性报纸的网站上！感谢我亲爱的肖恩，他深受狗狗故事和行为学新领域的震撼，建议我把文章推荐到报纸网页，该网页有一个专门为学校和学生保留的发表各种主题文章的版面。

我本以为这篇文章属于"环境"话题，但居然被发表在科学类文章的专题版面。

想象一下珍妮得知此事时的反应！

她只是一个劲儿地说："好样的，好样的，未来便是探索，这是客观事实。"

"但对我来说这是一个巧合。"我试图回答。

"你知道我爷爷怎么说吗?巧合是上帝不想签字时的化名。"

"令人震惊!"我钦佩地评论道。

但是珍妮很快又让我泄气:"是的,但这不是我爷爷说的,我发现他是Forismi名句的狂热读者。"

"Aforismi。"我纠正道,因为珍妮对术语有点含糊。

"你确定吗?为什么是Aforismi?Forismi这个词不是出自fori论坛吗?"①

"你说什么呢?如果希腊语老师听到你这话!"

"啊,是希腊语吗?我想的是拉丁语,我不知道……论坛……"

简而言之,讨论变成了语史学研究,我和珍妮聊天一向如此:我们从一点出发,然后偏离主题,还可以无休止地讨论下去。但幸运的是,在某个时刻珍妮问道:"我们是怎么谈起帝国论坛的?"

"因为你爷爷关于巧合的一句话。"

"啊,对,巧合!"现在似乎讨论算不上什么,但我笑得像疯了似的。珍妮也笑了。除了跑题外,我和珍妮聊天总发生的另一件事就是开怀大笑,我们经常因为一件微不足道的小事捧腹大

---

① 意大利语aforismi(格言)源于古希腊语,意思是"浓缩了某原则的短句"。缺乏词源学知识的珍妮只知道意大利语fori是"论坛",以为"格言"应该是一个不存在的词forismi。——译者注

笑，这就是友谊之美！

简而言之，这篇有关罗比的文章取得了超出预期的巨大成功。我父母就更不用说了，他们现在几乎把我当成下一个普利策奖[①]的候选人，尽管我已经明确表示那是一项美国的新闻奖。我不想他们两个有任何奇怪的想法，因此，为了得到一个公正且客观的意见，我打电话给我在比萨学习一年的哥哥贝尔尼。

"发生了什么？房子着火了吗？"贝尔尼讲话总是如此唐突而生硬。

"没有，你在说什么啊？"我恼怒地回答。

"那你为什么打电话？通常有事情发生你才给我打。"

"是的，但是这次我想告诉你，我在报纸网页上发表了一篇文章……"

"很好！"他感叹道，就评论而言，他已经落后了。我不敢告诉他，因为当初我碰巧向他指出"厉害"是一个老掉牙的说法时，他非常沮丧，一个星期没跟我说话。"什么文章？"他问道。

"关于动物行为的文章。"我支吾着。

"哪种动物？蚕吗？"

"傻瓜，这是件严肃的事情！我的文章谈论的是罗比，是关于狗的。"

---

① 普利策奖（The Pulitzer Prizes）：美国新闻界的最高荣誉奖。——译者注

"啊,"他淡淡地说,"我去看看,把网址给我,不,没关系,我会找到的。但别骄傲,那只是巧合。"

"巧合是上帝不想签名时的化名。"我说道。

"你是在干什么?你现在是在引用阿纳托尔·法朗士的话①吗?"

"阿纳托尔·法朗士是谁?"

"我知道了,你在《拼图周》周刊中读到的这句话。我得走了,拜拜,奥莉娅娜。"

"奥莉娅娜是谁?"

"奥莉娅娜·法拉奇②,在《拼图周》可以找到她。"他不耐烦地说。

我瞬间后悔给他打电话,因为公正的评价不用等太久。

我的新朋友安迪并不是一个圆滑或特别顾忌的人,她对我说:"你的文章写得不错。"从语气和随后的停顿来看,我明白后面还有"但是"。

"谢谢。"我受宠若惊地回答道。那是课间休息时间,我们

---

① 阿纳托尔·法朗士(Anatole France,1844—1924),法国作家、文学评论家、社会活动家。"法朗士"是他父亲法朗索瓦的缩写,又因为他热爱祖国法兰西,故以祖国的名字作为自己的笔名。——译者注

② 奥莉娅娜·法拉奇(Oriana Fallaci,1929—2006),意大利著名记者、作家,出生于佛罗伦萨。——译者注

在学校的走廊，安迪像是特意从楼上下来找我说话的。二楼是她的班级（也是肖恩的那个班）和网络杂志编辑部所在地，编辑部在图书馆的一个房间里。

像所有一年级的人一样，我们都在一楼，而且是在最靠边的教室，那儿原先可能是扫帚储藏间，在去年入学人数激增后，校长才迅速进行了调整。我发誓在某些日子仍然有漂白剂的气味。对于某些东西，我有一种类似罗比的嗅觉；而对于漂白剂，自罗比小时候我便印象深刻——每当我们带着罗比去探望外婆时，她经常在厨房喷洒漂白剂。我现在说的是奥琳匹娅外婆，很明显，她有洁癖。而即将去印度的玛丽亚奶奶从未太多关注这些事情，而且她一直很喜欢罗比。我知道，我正在偏离话题，为的是推迟即将无情推翻目前为止受到赞美的"但是"后面的内容的到来。

也许我的表情像壮士赴死，所以安迪决定委婉地道出难以接受的内容："没有，坦白地说，文章不错，很有用，我学到了一些我不知道的东西，这也是记者应做的。"她在有选择地挑好话说："但是……"来了！我感觉心要跳到嗓子眼了。"好吧，我不想太苛刻，但从某种意义上说，你要我给你一些建议……"她看上去很尴尬，但是她立刻恢复了原来状态，并严肃地说，"总之，你的文章写得不错，但事实并非如此。"

"什么意思？"我大口喘着气问道，很像贝尔尼的反应。贝尔尼总是讲"什么意思"，甚至当妈妈让他把面包递给她时也这样。这叫逃避策略（从现实或从我现在的理解出发）。

"意思是这篇文章太过感性，也就是说提出问题、讲述故事、询问问题都很好，但之后你就都是情感表露了，而记者应该让读者自己得出结论。"

"啊！"我的心怦怦跳得震耳欲聋，胜似听非洲或古巴打击乐手演奏的效果。

"别生气，我只是给你提了个专业的建议。"

"我没生气，相反……"我含糊地说。

与此同时，我在想：多么可恨。她以为她是谁？奥莉娅娜·法拉奇吗？顺便说一句，我在谷歌上搜过了她，发现我哥哥贝尔尼是想奉承我：法拉奇是一位非常著名的作家和记者，20世纪的里程碑！她沉浸于个人评论和令人感伤的部分，而我想成为记者和小说家！

"我是作为朋友才说的。"安迪坚持说。我想知道她自称是谁的朋友，肯定不是我的朋友。哪个朋友会故意打击你，如此冷漠？朋友永远爱你，始终站在你身边，并支持你……我很恼怒，但不能发脾气。说到底，安迪是肖恩的朋友，而我不想让她去向肖恩抱怨我有多冲动。

"我明白，的确，谢谢你。"我怀疑我笑得嘴歪了，感觉整个脸被拉向一侧。

然后，安迪靠近我，低声说道："听着，米娅，如果我认为你一文不值,我根本就不会和你说话,明白吗?"

心跳的节律停止,然后我做了一个直到此刻我都觉得不可思议的动作,我挽着安迪的胳膊,她僵了片刻。"我请你喝点什么,快点!"我提议道,"如果你不介意学校的咖啡机的话。"语气听起来正常、平静而欢快。

"什么意思?"安迪问道,我感觉我和她有些亲近了。

发现交友的新规则

我从头开始。

从得到在线出版的桂冠到受到网络杂志经理的批评。一个超级新闻记者的女儿(即使我对她这部分并不在意),去年已经在全国性大赛中被评为新兴记者——这是一场严肃的比赛,并由记者团主席颁奖。再次引用贝尔尼的话:好多东西。

我如何得知这些事的呢?

因为安迪邀请我去她家。

我接受了邀请,因为即使我受到很多人的称赞,但毫无疑问我是一个初学者,并且我想学习。

现在,永远不要拒绝比你厉害的女孩的邀请,这本身就是一种满足。另外,还有专业原因。

因此,我来到了她家。以为会是一栋别墅或一栋带花园的房子,实际上安迪家是一个在五楼的公寓房,有点像我家,只是更靠近市中心,因此,房子更加老旧。我不知道这是不是个优点,这里没有电梯,楼道的亮灯时间有定时器,或许是根据百米运动员的速度校准的,因此,当我上楼时会突然陷入黑暗,摸着黑抵达上面一层楼梯,寻找好似病态萤火虫般微弱的信号灯。我如此前行,一层一层地,忽明忽暗(幸运的是,随着楼层越来越高,有一些从玻璃天窗透下来的光线)。我到五楼后再次陷入了黑暗,当安迪打开大门出现在我面前时,好似宇宙飞船在黑夜着陆打开了舱门。

"啊,抱歉!这该死的灯!"安迪说,"我总是忘记楼道的亮灯只持续半秒。"她提高音量说:"这栋楼里有些人不想因楼道亮灯花钱,因为这是一种浪费!"

我喘不过气来,闪进家里:"我想不通怎么就没人说过装电梯。"

安迪待在门口,大喊道:"电梯?这是怎么一回事啊?我们现在还在18世纪……现代主义的悲哀!"说完,她几乎是将身后的门狠狠地摔着关上的,忍不住笑起来。

我不知所措地看着安迪,她总是这么酷!

"这些都是因为住在对面的古董商。他是一个非常卑鄙的小气鬼,是他要求楼道亮灯有时间限制,是他拒绝安装电梯。你可以想象一下他的生活:他的屋子里冰冷,他说他不冷,但他披着兔毛裘皮大衣在房间走来走去,真让人恶心!"

"兔毛裘皮大衣?真恐怖!"我评论道。

"那是他奶奶的,你想他怎么可能买什么贵东西。至于光线,他家就像墓地:他装的所有灯泡都是耗电最低的,最大才7瓦。"

"但你了解他。"我好奇地说。

"我很了解他,是的,他是我舅舅。但我不再把他当作舅舅。"安迪说。

也许我不应该这样做,但我突然大笑起来,安迪也笑了。我觉得,这是我们俩关系的一个很好开局。

安迪带我走过一条狭窄的走廊,到处都是杂物。书架遍及整个左墙,而右墙的椅子和橱柜间开着两扇窗户。走廊延伸到一扇门,但安迪没有打开它,而是立刻向右转,跨过在走廊看不见的门槛。我们穿过一个小房间,也许是由走廊变成的微型书房,靠墙处有一张小桌子,桌子上摆着手提电脑。

"这是我妈妈的书房。"安迪解释道。

"啊。"我约束自己评论,与此同时,我们进入一个稍大一点的房间,里面摆着沙发、两把扶手椅和一个书架。书架上面堆满书籍、旧DVD,底部放着一台电视,想要看电视的话,就得把腰弯到地面才行。我们又经过客厅,然后再次右转到比第一条更窄的走廊。我们似乎在围绕房子中心的周边绕圈,但我不敢问中间是什么。

"小心。"安迪一边上楼梯一边叮嘱我,来到了显然属于她的房间。安迪的房间并不大。墙壁刷成浅黄色,上面贴着几张镶了画框的海报。床铺嵌在角落里,上面铺着蓬松的羽绒被,像一朵淡绿色的云彩。一个白色书柜占据着两边和对面的墙壁,上面堆满了书、镜框、盒子、花线、木偶、袋子。一张摆着一堆书、纸和一台笔记本电脑的白色桌子几乎是在房间中央,朝向唯一被白色窗帘遮着的窗口,窗帘垂直落到一半高度。现在,在我能做的许多事情中,我选择了错误的一件,伸手将窗帘拉到另一边,向外偷瞥。

安迪阻止了我:"你什么也看不见,只有前窗和你进入的走廊的窗户。"

"啊!"我困惑地说道,"有一个院子。"

"并不是,这是一个天井,房子可以从天井采光。这块曾经是仆人住的地方,猜猜谁住在富人区?"

"你舅舅吗?"

"太聪明了!"

现在,我不打算询问为什么舅舅得到最豪华的部分,而且还生活在寒冷和黑暗中。在家庭事务中总有秘密,有点像我家发生的事情,尤其是在玛丽亚奶奶宣布把一切都留给印度教派后。如果是留给爸爸的话,也许就无所谓了,但是妈妈和罗莎姑奶奶采取了行动,这位占卜者对瑜伽导师帕鲁吉感到愤怒,称他为"虚伪、骗子、占可怜老妇人便宜之人"。因此,据我所知,家人几乎在走司法解决的途径。

在摆满物品的架子上,隐约有三个运动奖牌。而当我靠近看时,发现它们是新闻奖牌。我对安迪的钦佩陡增。

"你是从什么时候开始的?"我问她。

她耸耸肩说:"在初中时,学了一门新闻学课程,然后参加了一次大赛,我的成绩不错。我从小就开始写作,你知道,这个家里的每个人都会写作,甚至猫过不久也快能写东西了。"

"有猫吗?"我问道。

"当然有猫。对猫毛过敏的那个古董商恨透了它……"

"但并不是穿兔毛裘皮大衣的那个!"

"的确如此。"安迪笑着说,"无论如何,可怜的伯爵夫人(猫的名字)必须非常小心,不要让那个恶魔看到它。"

"为什么?它总出去?"

"当然。它爬上屋顶。妈妈给它弄了个梯子,可以从卫生间上去。这样它就可以从屋顶进入古董商的厨房,尽管那里甚至连一片干面包都没有,你明白的。"

"伯爵夫人真的写作吗?"我讽刺地问道。安迪认真地问我:"你正在准备下一篇关于猫作家的文章?"

"这是一个想法。"

"谁知道呢,我们或许可以从妈妈身上汲取灵感。"

关于安迪的爸爸,她从未提及,但他似乎是一位有名的作家。

"你的妈妈也是记者吗?"

"并不是,她是一位儿童文学作家。"

"啊,这就是猫激发你创作灵感的原因!"我惊呼道,但我立刻意识到这似乎是个愚蠢的回答,类似儿童童话的陈词滥调。在安迪回答前,我补充道:"不,对不起,我之前说的是蠢话。"

"蠢话?话是有些重。我告诉过你,伯爵夫人给了所有人灵感。"不得不说,我最欣赏安迪的一点就是坦率。

因此,我来找安迪,为的就是得到几条真挚的建议。我开始明白友谊不仅是称赞和绝对支持,也可能是批评、刺激以及质疑。

我装作谦虚地说:"我也希望它能激发我的灵感,我也需要灵感。"

"不,你已经受到太多启发了。"安迪淡淡地回答,"为什么不进行采访?这是对叙述事实的很好训练。"

"采访谁呢?问哪些问题呢?"

"那不是我决定的。肖恩说你对新闻敏感,我同意。从这个角度来看,那篇罗比的文章写得很棒。"安迪皱了皱眉,"找到一个对你来说有趣的人物,进行一次访谈,揭示一些东西……你做过对重要人物的访谈吗?"

"是啊,你经常采访歌手或演员。"

安迪无视我那有些奉承的话,继续说:"当你报道他们的回答时,你必须抓住要点,人们聊天时说得太多,而我们没有很多空间。"

"我们是谁?你会发表我的采访吗?"我期待地问。

"发表不是你的问题。你不觉得吗?"安迪一针见血地反问。她总是时不时地突然袭击。

"如果你这么说也没错。在我看来,这一切都取决于某些幸运组合。"我不愿再提什么个例了,谁知道会怎样呢。

"当然,也需要这些。实际上,这确实需要一点运气。"我觉得很明显,安迪出于对我的尊重,才用了不那么粗俗的说法。好吧,我很感激安迪,她确实做出了努力。

安迪让我听一位比利时歌手的歌,据她说,这是一位非常厉害的歌手。我仍然含糊其词,觉得也并不那么令人兴奋,也许我不懂得欣赏安迪喜欢的这种音乐。我们还看了这个才华横溢的年轻女子的视频和英语采访,安迪为我翻译。总之,在音乐、闲聊以及以酸奶和水果为主的下午茶中,时间流逝得飞快。

在离开之前,我冒昧地问她:"你的舅舅是你爸爸的哥哥吗?[①]"

我们往走廊那边走,安迪在前,我在后,安迪没有转身,她

[①] 意大利语舅舅、伯父、叔叔、姑父、姨夫等是同一个词zio,所以往往需要解释。后相似情况同理。——译者注

解释说:"不,是我妈妈的哥哥,这就是为什么作为长子的他继承了住宅——中世纪的思想,不是吗?"

"有点。"我谨慎地回答。

我们已经走到门口时,安迪告诉我:"爸爸独自一人住在罗马。"她骇人地补充道:"妈妈并不喜欢那些私生子。"安迪朝另一间公寓的方向大开着的门大喊。

我是笑还是不笑?我没有笑。我发誓另一扇大门半开着,可以想象,那个古董商潜伏在那儿,穿着那件兔毛裘皮大衣,生他这个莽撞的外甥女的气。当然,这全是我的想象。事实是我在黑暗中摸索着下楼。

珍妮披露了一个秘密

说来容易,我准备做一次采访。但采访谁呢?我几乎完全可以创造一个,或许采访一位历史人物。啊,多有想法!

"晚上好,法拉奇女士。"

"晚上好。"

"我承认,直到我哥哥贝尔尼告诉我之前,我并不知晓您是谁。"

"糟糕。你怎么胆敢打扰我?在采访各种人物前,要知道,我会非常认真地准备资料,如今你们年轻人太自负了。"

在这里,即使在想象中,我也会受到指责!

最好回归到我的时代,在周围寻找并发现新闻人物。当我在这里感到困惑时(可以这么说,主要是我躺在床上,看着贝尔尼送给我的《亚当斯一家》①海报,他告诉我星期三向我"吐口水"),珍妮打电话给我。

"你忙吗?"

"有点……"我搪塞着。我觉得珍妮已准备好在接下来的一个小时里把我粘在手机上,打破了我幸福的沉思。

"别担心,我马上就说完。"通常,这句话是个开场白,珍妮专门给我打电话,告诉我家庭或个人的无休止的问题,因为我们见面时,还有其他事情要做:讲八卦、购物(但在罗比"购物狂"事件之后,我们发誓只购买必需品)、听音乐、看电影或录像、滑冰或骑自行车,尝试化妆、开怀大笑……

我坐在床上,一半身子靠着床头,准备好洗耳恭听,事实上,珍妮在向我描述当天的事情时,并没有拖延。这次她既没有跟母亲吵架,也没有和表姐拌嘴;既没有因为爸爸威胁要和教授们谈谈而焦虑,也未因父母拒绝养狗、猫、金丝雀甚至金鱼而伤心。

---

① 《亚当斯一家》(*Famiglia Addams*),电影描绘住在黑暗大房子里的古怪家庭的故事,原著漫画由漫画家查尔斯·亚当斯从1932年开始为《纽约客》杂志所作。——译者注

珍妮之所以焦虑，是因为她恋爱了！

这并不是一件新奇事，珍妮总是不断陷入痴迷。除了平均每两个月更换一次的演员和歌手，还有一段跟曼努埃尔的时期，然后是某个女友的兄弟，之后是在体育馆偶遇的一个哥们的朋友，更别提对她微笑的年轻吧哥（酒保）、为她修理自行车的西蒙尼，"非常甜蜜"的踏板操教练伊斯梅尔，等等。所有人都"可爱死了"但"不可能"，往往是因为：

他们年龄都太大了；

他们都是陌生人（瞥了几眼），并且找不到；

已订婚；

是同性恋；

没有兴趣。

但这次似乎更靠谱。首先，珍妮关注的对象是同龄人，没有女朋友，而且是珍妮的小学同学，因此彼此熟悉且有迹可循。他对珍妮似乎也很感兴趣，因为在硬石咖啡馆偶然相遇后，正是他问珍妮是否可以再见面，他认出了她，并主动攀谈起来。

现在，在她的叙述中，至少有两个自相矛盾的因素：第一个是，没有人偶然去硬石咖啡馆，人们都是去那里寻人，而珍妮却说他们在那儿"偶遇"。

"我向你发誓，我是陪着我那一味赶时髦的表姐去咖啡馆的，你知道的，如果她每天下午不去硬石咖啡馆的话，她就有禁欲危机……"

我忽略了一件事：珍妮的家人似乎都沉迷于购物和时尚。也许这就是珍妮开发了某种防病毒软件并且在任何方面都拒绝时尚的原因。珍妮总是穿着牛仔裤、软底鞋或运动鞋，即使她妈妈跪着求她，也不去理发店。她的头发是由在美发学校的朋友打理的。因此，说珍妮进入青年消费主义庙宇，听起来很奇怪。但是看得出，某些事情是由著名的案例决定的，神也伸出援手帮助珍妮，使她不再为纯粹的幻想叹息。

自相矛盾的第二个因素是对我们以前的小学同学朱塞佩的描述，他也叫盖波，相当健壮，不是很高，眼睫毛为淡黄色，牙齿上戴着矫正器，留着小胡子。这还不够，他还非常害羞。按照珍妮的说法，盖波似乎经历了一次真正的变形，现在好像模特一样了：高挑、金发、卷毛（他烫过发啦？）、完美的牙齿（我相信，他经历了十年的机械矫正），已成塑像之身。

"是的，很好，塑像之身！现在，你也看到了超人。"我这么说，是为珍妮一贯的理想化而烦恼。

"我发誓！他穿着一件特别紧身的T恤，你可以看到他的胸肌。"

"当然，当然。"我顺从地回答，心里想：我该怎么办？她一发不可收了！

"再有，看，非常温柔！"

我已经听珍妮说过这个词了，但我没有在意，而是问她："他才华横溢、非常可爱？"

"是的，我跟你说过！他主动出击，甚至介绍自己是盖波！他问我：'你还记得我吗，我是盖波！'我快晕过去了。你看，和那个跟我说话的男神般的家伙在一起，非常甜蜜，美死了……"

"总而言之，你们最后怎么决定的？"我问道。

珍妮叹了口气。我几乎希望她对我说："好吧，盖波回到了他的飞船，去了织女星。"相反，珍妮跟我说："我和他会晚些时候见，但是……米娅，我很害怕！你必须帮助我！你愿意和我一起去吗？"

"你在开玩笑？你要我去你和盖……一个男孩的初次约会？"

"为什么不可以？"珍妮小声嘀咕，"乔没有要求我一个人去。"

"谁是乔？"

"是朱塞佩，现在每个人都称他为乔。"珍妮解释道。

"总而言之，珍妮！"我大声喊，"他给你发正式邀请了吗？"

"拜托了！如果我一个人去，会应付不好，不行，你看，那我就不去了。"

"你别做蠢事！"我激动地说。

"听着，别得罪我，好吗？"珍妮也激动地说，"别跟我说你不想陪我，你连这么个小忙都不帮……"

"但这不是帮忙！对你来说只会更糟。他一看到来两个人就会离开啦！"我发现正像卡珊德拉①所预料的，珍妮并没有听从这些建议。

实际上，珍妮对我衷心的呼吁充耳不闻，并像唱小调一样重复着："但是，不……他不会这么做，他很温柔。"

然后我提议："好吧，但是我要和肖恩一起去。"但珍妮激动地说道："啊，不！我和你们两个？好像已经决定我们将是两对！这成什么样子！"

"但这正是你想要的，不是吗？成为一对……"我以最大的耐心回复她。

"是的，但不应该如此明显，我的意思是，这应该自发地表现出来……"珍妮别扭地说。

简而言之，珍妮把我弄得精疲力竭。

我绷着脸离开家门，因为我同意了给这两个相爱之人（几乎，也许，谁知道，等着瞧吧）牵线。

但是由于我天生就很好奇，所以我一路冷静了下来。毕竟，珍妮说得有道理：如果我们不在此刻互相帮助，那么还是什么朋友啊？此外，我向自己保证，一旦看到他们开始说话，我就走。

---

① 卡珊德拉（Cassandra），古希腊、古罗马神话中特洛伊的公主、阿波罗的祭司，具有预知能力。——译者注

总之，我骑自行车到达塔索广场①，珍妮已经很不耐烦了。由于要约会，珍妮用甜杏仁洗发水洗了头，浑身飘散着香气。她非常激动，穿着崭新的软底鞋，像芭蕾初学者一样蹦着。至于其他的，还是过去的珍妮，照旧穿着牛仔裤，斜背着包，涂了点唇彩，画了眼线（珍妮略施粉黛恰到好处）。

但是，真正引人注目的是那个正走向我们的家伙。

"他在这儿，是他！"珍妮抓着我的胳膊低声说道。我也紧贴着她，害怕受到冲击。因为他是个又高又苗条的男孩，金发很柔软，有着灿烂的笑容，像古希腊男神一样帅气。

过去的盖波哪里去了？

萌生采访的念头

现在，想象你们有一个丑陋的同学，牙上戴着牙套，让他看起来像一只小海象，一半脸被厚厚的刘海遮着。他发音困难，一跟谁说话就会激动，而且也没有参加任何团体运动，包括"球囚"。

好吧，那就是过去的盖波。

他迈着轻巧的步子走过来，蜂蜜色的卷发披到健壮的肩膀

---

① 塔索广场（Piazza Tasso），意大利南部城市索伦托的中心广场，以诗人托尔夸托·塔索命名。——译者注

上，穿着褪色的牛仔裤和一件贴身的黑色外套，尽管天气灰暗、潮湿、寒冷，盖波似乎赤裸着胸部。

"你们两个女孩还是老样子！"原来的盖波、如今"男神"一边说着，一边向我们张开了双臂。

现在，这话听起来不像是恭维，因为他实际上都让人认不出来了。尽管我和珍妮很漂亮，但我们也已经不是小学生了。首先，我不知道乔是否注意到我们两个都穿了三号胸罩。当然，我们没有敞着夹克半露着前胸在外面走动，事实上，我们都裹在围巾里。珍妮继续蹦蹦跳跳，像是跳爱尔兰舞蹈。与此同时，"男神"盖波（乔）紧紧拥抱着我们俩。事实上，从他的胸部散发出好闻的味道。现在我明白了"性感气味"的含义：我一定要买一瓶这种"波诺香水"给肖恩。虽然，我有这样的想法，但我感到十分愧疚——我怎么能把这个从前的盖波、现在的男模与我帅气的男友相比呢？与此同时，我微笑着甩开自己的联想，希望自己能够清楚地表明，我来这里只是为让珍妮高兴。而珍妮也许是被媚人的味道惊住了，在乔的手臂下停留了一会儿，像礁石上的壳菜一样贴在乔的胸口。

"我能告诉你吗？你变了很多，我想每个人都会这么说。"我立刻意识到我正在使用肖恩的经典语气说话。

"我甚至希望如此！"他机智地回答，"我小时候很难看。"

"不是的。"珍妮叫道，很不情愿地从他胸口离开。

我就知道！我们聊了很多，当然，如果我不来的话，会更好。没有我的存在，这两个人本应该抱在一起，而不必局限于漫长的对话，而现在所有人都不得不参与其中。

我打算用经典借口开溜："太晚了，我得走了。"乔带着能上封面的微笑（也许整容成这样得花很多钱吧）惊呼道："你来对了。欢乐时光大家一起过嘛！"

"实际上，我还有事……"我发誓，但语气和表情都没有说服力，因为乔已经把我带回了他的羽翼下，与迫不及待依偎着他的珍妮搂在一起。

"我知道附近有个lounge。"他无视我微弱的抗议。

"lounge"是什么？我想试着对珍妮投去疑问的目光，但她已经心猿意马了。珍妮陶醉地看着乔，即使他说要去一间鬼屋，她也会追随他过去。我只是祈祷不要有人看到我和乔在一起，并立即告诉肖恩。那将是世界末日。好吧，我太夸张了。肖恩不是那种挑战对手或跟我吵架的人，但其他人从不知道。多亏了拥挤的人行道，我再次摆脱了他的拥抱。而珍妮则一直和乔黏在一起，这让我再次获得灵感，那就是借口看橱窗而停下来，让他们继续往前走，直到他们从我的视野中消失……但乔转过身，等着我。毋庸置疑，他也很有礼貌，与当年可怜且害羞、举止粗俗的盖波完全不同。

总之，我根本没有办法逃离。

最后，当我走进这个充满音乐气息的房间时，我意识到"lounge"指的是"沙龙"，尤其是能舒适地躺着的便利之地，从房间里散落的大沙发和四下放置的低矮椅子来看，每个人都或多或少地悠闲懒散。乔向酒保打招呼，酒保看到他时，眼睛像灯泡一样亮了起来。老板问道："最近怎么样，大块头？"（从问候的方式来看，他应该和我哥哥岁数差不多）然后他带我们来到隔壁房间，从昏暗的灯光中可以看出，房间的天花板很高。音乐的声音更小了，在半明半暗中可以看到其他沙发和咖啡桌。

"那边。"乔肯定地说，朝着围着一个方桌和一个坐墩的摆成L形的两个空沙发走去。他再次牵着我和珍妮（其实他从来没有松过手），一个鱼跃扑向沙发，结果令人尴尬，大家叠摔在大沙发上，同时却也开怀大笑。

就在我们扑倒，彼此的胳膊和腿都纠缠在一起不知所措时，我的手机响了。我并没有听到铃响，只听到厅里的音乐背景，但我感觉手机在我的屁股下面振动，因为我放手机的包就压在身下。我迅速站了起来，害怕手机另一端的人。我勉强听到对方的声音，但我就像听障人士一样，只能猜出他要说的话："你在哪儿呢？"

肖恩的名字出现在显示屏上。

"我在酒吧！待会儿和你解释。"

"什么酒吧？"肖恩问道，至少我这样认为。

"这个地方叫什么?"我大声问乔,他告诉我名字,在电话的另一边,我似乎听到:"抱歉,你和谁在一起?"

"和珍妮在一起!还有一个小学同学……回头再和你说!"我对着手机低语道。

"我去找你。"肖恩似乎明白了我的意思,然后谈话中断了。我很快用盲文打字法发送了一条短信,因为在这里几乎什么都看不清。

紧急情况。我、珍妮和她的准爱人在这里。我会尽快给你回电话。

"是谁?"此时乔开口问道。其实音乐也没有那么聒噪了,现在我已经习惯,所以我意识到我们可以说话了。或是他们突然调低了音量?实际上,在我看来,这是爵士音乐,尽管我对音乐流派不甚了解。

"我的男朋友。"我回答道,有些担忧。我告诉肖恩,我整个下午都要学习,而我却在这里跟一个超模和早已心神不定的珍妮在一起。

"啊!你有男朋友!是谁?"乔不知趣地问。

什么叫"是谁"?现在,他看上去太狂妄了。"我不认为你认识他。我们上同一所高中。"我有些恼火地回答。

"你在哪所学校读书?"珍妮终于插嘴发问,重新用了这个词。

"一所私立学校，"乔立即补充说，"不是因为我父母的意愿，而是与团队达成的协议。"

"什么团队？"珍妮问。

"我的足球队。我没告诉过你吗？"

"啊，对，似乎说过。但我以为你踢足球是为了运动……"珍妮立刻语无伦次。我们三个因这个怪诞的插曲哄堂大笑，但是乔随后解释说，他实际上作为一名职业球员在城市青年队里踢球。

"你什么时候开始踢球的？我不记得你小学时踢过足球。"我问道。

"实际上，我没有真正想过。跟其他人相比，我起步较晚，十岁才开始踢球。在我们球队里，有人五岁就开始踢了。"

"天哪，那他们已经是老手了！"珍妮说。幸运的是，珍妮仍在继续说。也许让乔陪伴珍妮真的很好，否则珍妮永远也不会摆脱紧张状态。"这说明你有一定的天赋。"

"大概吧。"他谦虚地回答。也许是虚假的谦虚，在我看来，一个穿着名牌紧身衬衫、牛仔裤和夹克的人不会是谦逊的人。

"你现在真的是一名职业球员吗？"我问着，脑海已经萌生了一个想法。

"我有挂牌价，如果一个球队选择我的话，就必须花钱请我。"

"真的吗？你值多少？"珍妮傻傻地问。

"不是很多，"他眨眼示意道，"对于某些人来说，我完全是无报酬的！"

我一直认为"在某人面前融化"是一个有效的比喻。而我现在看着珍妮，意识到这个状态的直接含义。听了乔的话，我的闺密几乎快要融化了，险些跌到地毯上，脸部的线条也松弛了下来。

与此同时，一个女服务生热情地微笑着来到这里，问道："你好，乔，我给你送些什么呢？"请注意，她只对乔说话，就好像我们不存在。

"给我来杯开胃酒，姑娘们……你们想要什么？自由古巴？"①

"那是什么？"

"是个被禁止的、我不能喝的十分美味的东西。"

"含酒精吗？"珍妮眼睛闪亮地问。好吧，当她这样做时，我便清楚了她的意图：珍妮要展示自己了。

"一点点，"乔说道，"是朗姆酒和可乐的混合物。非常好喝。"

"我要一杯自由古巴。"珍妮说着，我则面无表情地盯着

---

① 意大利的最低法定饮酒年龄为16岁，但这一规定几乎形同虚设。——编者注

她,我不想当她的保姆,所以保持缄默。

"我要杯可乐,谢谢。"同时,服务生已经转身离开。我继续询问足球:"所以你的球队花钱请了你。"

"不,我是春天加入的这支队伍。其他队伍也可以请我,但我的教练无意放我。现在,我们迎来了一位新主席。"

"当然。"我对足球等级制度一无所知。

"他是一位非常富有的企业家,对球队和我们承诺过,要一起夺冠。"

"谁知道得多么辛苦!"珍妮说,"我是说训练,每天你都必须训练,再加上学校……"

"的确很累。"这次他没有假装谦逊,"跟你出门就已经违反规定了。"

珍妮再次感到不安,从乔在这个俱乐部的知名度来看,我怀疑他经常违反规定。服务生正带着对乔的露出全齿的笑容走了过来。

珍妮冒失地喝了一口自由古巴,立即尖叫道:"太好喝了!但太烈了!"

乔笑了,建议珍妮慢些喝;我正在喝可乐,突然我感到有人拍了一下我的肩膀:"你好,我打扰到你了吗?"

但是为什么我们每个人都必须表现得像电视连续剧一样?实际上,我立刻呛着了,尴尬地咳嗽,就像二流喜剧。但肖恩也如此!他是怎么想的,居然如此戏剧性出场?他突然扑到我肩膀上，先是目光锐利地看着乔，然后看着我。我冒着窒息的风险退出了游戏。此外，珍妮刚看到肖恩就惊慌失措，仿佛看到了抢劫犯！

"你是米娅的男朋友吗？我们都在等你！"乔出面救场了。

此时，肖恩似乎很困惑："真的吗？"由于肖恩受到英国教育养成了良好风度，他已经向乔伸手问候。当肖恩向对方伸出手问候时，通常人们都会有些傻眼，因为谁曾像大人们一样打招呼？而现在乔已经一跃而起（看得出，他是一名运动员）握手，同时自我介绍道："我是乔。"

"你知道吗，乔是一名足球运动员。"我嗓音不清地说。

"真棒，我是肖恩。"

"我知道，米娅跟我说过你。"对方满脸笑容说道。

不对，我从没跟他说过肖恩的名字，但算了。我清了清嗓子，指望得到珍妮的帮助，结果是徒劳的等待。实际上珍妮已经吓呆了，其原因有待猜想。

"乔正在向我们介绍他的工作。"

"工作？"肖恩疑惑地问道，瞥了我一眼。我放松下来，给他一个会心的微笑："你怎么看？我萌生了采访的想法！"

了解一些足球知识

似乎很奇怪，在一个以足球为主要民族运动的国家，我对足球运动竟然知之甚少，或者说一无所知。但事实就是如此。我可以保证这并非出于傲慢自大，应该说因为足球锦标赛在我家并不吸引人。

世界杯一来，一切都变了，罗比对足球赛也表现出极大的兴趣，满怀希望地期待后面的比赛。因为贝尔尼在家时，意大利队获胜后，他就披着三色旗带着罗比上街，并在歌声、叫声、犬吠声中和朋友们一起满街狂欢。

但是世界杯每四年才举行一次。同时，爸爸从小就对网球很感兴趣，妈妈一直是戏剧的狂热爱好者，对运动没有任何"感觉"。

也许是因为我是女生，我发现女孩们不太在乎男生们沉浸于与足球相关的复杂规则和理论。人们总是认为女生爱闲聊，而男生则沉默寡言：好吧，观看一场与足球相关的讨论会，就足以改变这一想法。在这种情况下，你会发现许多"话少"的男生健谈和嘴碎的一面，包括我的大多数同学，他们虽然在格律诗面前都是失语者，但知道足球队，包括级别最低的球队的一切消息。

因此，采访一位足球人物似乎能够完美吸引所有读者的注意：爱好体育运动的男生，被乔这样偶像般的相貌吸引的女生。简而言之，那些帅气、强壮的人很可能会成功并变得富有。

在这些前提下，我开始着手研究采访乔的一系列问题。

——你是如何发现自己的天赋的？

——有谁鼓励过你吗?

——在球队中,你的角色是什么?你从一开始的作用就是这个,还是变过?

——你的一天是如何安排的?

——你能成功协调训练和学业吗?

——你在球队中发现了什么?

——你闲暇时都做些什么?

——你的短期目标是什么?

——长期目标呢?

——你最喜欢什么?

——有什么令你苦恼的吗?

我重新阅读了这些问题,感到很满意。如果乔回答得出色,可能会引起良好的反响,并且可能会从足球界传出一些内容丰富的消息……要知道聊天会发现很多小秘密,而这些小秘密恰恰是所有人最感兴趣的,至少对我来说是这样。

因此,我不想问得太多,也许现场会引出什么意外之喜。于是,当我用手机给乔打电话,请求对他进行采访时,问他是否可以在他训练的地方采访他,或许我还会拍些照片。但乔似乎并不愿意。

"你采访我是什么意思?"乔在伸出双手阻挡。

我准备充分地回答:"采访将刊登在学校的网络杂志上。我希望我的同学更好地了解一位与我们同龄的足球运动员的日常生活。没人知道他，人们对他印象含糊或是错误……"

"什么意思？"乔机器一样地重复问道。此刻他太夸张了。

我尽可能说服他："人们认为足球运动员一直在玩，仅此而已。而你知道真实情况。有人认为他们总在娱乐，不努力、不学习、不做牺牲。"

"的确如此。"乔最终同意了，"我期待这次采访，我想会做好的。但这本杂志普及程度如何呢？"

"我告诉过你，是网络杂志，每个人都可以阅读，我们有成千上万个读者……"我稍加吹嘘，把可能发表的一家杂志说成了复数的，但只是也许而非确定。除此之外，这个数字似乎吓到了乔。

"成千上万人？在城市还是在其他地方？都是什么样的人？"

"抱歉，我怎么知道？他们可能是学生，就像我们一样，或者是家长、老师……但是你为什么这么担忧呢？"

"我很抱歉，米娅，但这对我来说并不容易。我必须保护自己的形象。"

现在是我的提问时间："什么意思？"

"就是说，我是一名足球运动员，我在人们的关注下……我的公司不想被新闻记者采访，它不想让人们乱讲，散布谎言……"

"但是我不会散布谣言！"我有点生气地为自己辩护，"乱讲什么？实际上，我想正面地谈一个有足球天赋的男孩。"

"听着,米娅,我不想破坏咱们的一段友谊,最好别再说了。"乔说道,他越来越确信自己正在与一个骗子打交道。

于是,我建议:"如果你愿意,我们这样做:我采访你,然后让你看我写的内容,如果你不同意,我就不发表。你觉得呢?"

先是沉默。之后,乔焦虑不安地回答说:"我不知道。"

"但是你说过你喜欢这个想法,让我这样的人了解你的艰苦训练生活、所做出的牺牲、付出的努力……"我坚持道,因为当我参与其中时,我知道这个是关键,"除了让你阅读我所写的内容和等待你的评判外,我还要做些什么才能说服你呢?"

沉默几秒后,乔勉强地说道:"好吧。"

我忍住了获得胜利的激动,提出了第二个请求:"我可以来体育场找你吗?我们在球队总部采访吧?"

"不,不行。"乔这次拒绝得十分果断,"我们在外面见,我会告诉你碰面地点。"

"我想拍几张照片……"我惋惜道。但乔坚定地回答:"如果因为这个的话,我可以给你照片,想要多少就有多少,全都是官方的。"

我瞠目结舌,什么是官方照片?

当我们在市中心的豪华酒吧见面时,我明白了这点。这次不是带沙发的"lounge",而是一个摆有普通桌子和椅子的休息室,虽然对我来说过于高雅。首先,是装饰与镜子光彩夺目的景象,角落里有很多的柱子和植物,而且客人坐的有桌子的大厅与有柜台和收银台的厅是分开的。最后,每一张桌子不仅铺着奶油色的桌布,而且上面还有花瓶,里面插着新鲜的兰花。我怀疑在这里喝一杯茶跟我和肖恩偶尔去的小酒吧里吃一顿午餐一样贵。

当然,一个男孩选择这种地方很奇怪,但我对乔一无所知。或许他品位很传统。然而,看到乔戴着飞行员的太阳镜,穿着敞开领口的白衬衫、皮夹克和低腰牛仔裤抵达时,我就知道他完全不是传统之人,而是追求时髦之人。我无法否认,乔这样穿很帅气,但我觉得乔穿着宽松款服装会更帅。

我们刚坐下,乔就脱了外套,发散出能熏到整个亚马孙军队的香味。而他戴着眼镜,从夹克的口袋里掏出了一个信封,从中取出一些照片。第一张是标准照,是乔穿着球衣的半身照;第二和第三张是在球场上拍摄的,乔在运球,但从队服上可以看出这些照片拍得巧妙,没有一点儿灰尘,没有褶子。最后两张是整个球队的合照,所有队员都像一排排士兵一样静立在镜头前。如果我不喜欢这些照片,那么我们很难将采访继续下去。

我拿出笔记本,乔看着我发笑。

"你在笔记本上写吗?"乔问。

"怎么啦?"

"上次新闻记者采访时,他有一个平板电脑,十分方便,甚至可以照相，我们很快就完成了采访并发表出去。"

"但我不是这个行业的专业人士。我告诉过你，这是一本少年杂志。此外，你不是跟我说过，你的球队对媒体没有太多好感？"

"视情况而定，那家是《体育报》，对公司非常重要，可以变成钱的。"

我讨厌用这句话，但我不得不问："什么意思？"

"赞助商喜欢报刊做的软性广告，并且更愿意为此投资。如果你为报刊写文章，怎么会不知道这些事？"

现在，我无法忍受卖弄学问的人，无法忍受一个当足球运动员的小学同学而非一家公司的高级经理在卖弄学问！

"我们学校的是少年杂志，我们没有赞助商。"

"奇怪。也许与赞助商一起，你可以比在网上做更多的事，也许还可以拿到记者薪水。"

"为什么这样说？你有薪水吗？"

乔突然大笑起来："你不食人间烟火吗？当然有薪水！"乔告诉我他赚了多少，享受着我听到数字后的惊讶。他挣的钱怎么能比妈妈还多呢？这不是童工吗？爸爸肯定要说，这是得投诉的啊！

乔一直在那副讨厌的墨镜后开心地盯着我，同时还解释说有法律保护，体育界就是如此，运动员很早就开始赚钱了，十八岁时已经是明星,而他只用了三年时间,就证明他值得公司在他身上投资。

简而言之,我原本期待一场关于牺牲、天赋及激情的采访,但我们的对话却从另一个轨道开始:乔一直在谈着,说自己就像是一种产品,而球队始终只用"公司"一词,如同一家企业。我觉得自己犯了一个错误:我以为我在谈论体育,结果却进入了商界。

冒着失去朋友的风险

对我来说,将此次采访整合在一起将是一个真正的挑战。我重新阅读了自己写的采访提纲,以及回忆在酒吧见到乔的印象,感到有些不和谐。

乔对这些问题的回答简洁得像打电话,花了一些时间才从他身上了解了一些故事。例如,对第一个问题:"你是如何发现自己的足球天赋的?""我没有发现!我又不是德尔·皮耶罗[①]。"

然后,关于第二个谁鼓励他的问题,他开始深思:"毫无疑问,首先是我的父母,然后教练,明确地说是一个踢足球的

[①] 亚历桑德罗·德尔·皮耶罗(Alessandro del Pietro, 1974—),出生于意大利科内利亚诺,意大利足球运动员。少年成名,曾被认为是罗伯托·巴乔的接班人。——译者注

舅舅……"

在回答在球队的角色时,乔立即变得自信:"我是中场球员①,但起初我是以后卫的身份加入的球队,那时我是一个新人。但是我超越了众多对手,我想起这个就想笑……"这时他大笑起来,过于浮夸,从墨镜后面看着我,笑容满面,试图打断采访:"但是你能不能问问我其他的问题,例如我最喜欢的足球运动员?或者喜欢听的音乐?我们不是要发表在少年杂志上吗?"

"如果你愿意,你也可以告诉我你最喜欢的足球运动员及歌手。但是,如果你不介意的话,我更愿意谈论足球。读者为此来阅读,不是吗?"

简而言之,我尝试把他的所有信息整合在一起,包括他在脸书上的个人资料,上面的照片多于信息。

因此,我开始写道:

> 你可以说一下是如何发现你的足球才能的吗?
>
> 十岁那年,医生建议我父母送我去参加一项辛苦的团队运动。我不知道你是否记得,我那时胖乎乎的。很明显,像我这样的人开始入门时,跟所有孩子一样渴望成为(足球中的)中锋,所以我很忙。简而言之,我为此一直在努力,这段时间,我瘦了

---

① 中场球员,中场是足球比赛中的一个重要位置,中场球员主要在球场中间活动,负责联系前锋与后卫。——译者注

下来，长大了。我十二岁时成了细高挑儿，干瘦。谁还能认得出我啊？

总之，我的天赋就在那时显现了出来，各方面加在一起，整体很强势。

当我没有表现出任何资质时，家人和始终信任我的教练一直鼓励着我。但最重要的是拥有一个相信你自己的人，我认为这激发了我渴望获得肯定的意愿，并磨炼了我的才能。如果你只做出负面的判断，则会倾向于相信自己的价值为零，那么就永远都不会变得更好。一个好的教练知道如何激励你，使你成长。

你一天是如何度过的？

我大部分时间都在训练。奇怪的是，当我认为学校是休息的地方时，我的同学们花同样多的时间扑在书本上，而我与我的高中同龄人做法相反。这并不意味着我不学习。我上的是理科高中，十分看重取得好成绩。我很少有时间跟朋友或女友出去跳舞。周六和周日我会出去打比赛。但是即使在这种情况下，我仍然重视社交生活，不想仅仅因为足球而封闭自己。这就是为什么我有一个非常普通的女友，她在读高中，并且不像其他人一样把我视为足球运动员，她只视我是一个男朋友。

"非常普通的女友"就是珍妮。当乔和我见面时,珍妮已经是乔的正牌女友,但问题是珍妮完全不知道我和乔碰面。

事实上,当我给她打电话问她时,珍妮一头雾水,全然不知。

"我还得从乔那儿才能知道你们在一起了吗?"我开门见山地问。

"我们在一起了?"珍妮迷惑地反驳道,"可是,他只是说过喜欢我。我们甚至没有亲吻过!"

"你的意思是,他给了我一个预告,但并没有通知直接当事人?"

"听着,米娅,为什么你总是要这么刻薄地讲话?好好解释一下,笨蛋!"

"我的意思是,乔在没有询问你的前提下告诉我你们在一起了,这很奇怪。"

"天哪,也许我没有明白你的意思。在说再见前,你知道,前天,他告诉我他非常喜欢我,我没有变,我是一个真正的女孩,肥皂和水[①]……在我看来这并不是赞美,你明白吗!"

"然后呢?"我试图打探,因为有时珍妮的做法出乎意料,"如今的男孩不会跪下来表露自己的心意。"

[①] 意大利人称不打扮、素面朝天的女子为"肥皂和水"。——译者注

"抱歉,缪西娅①,但我很清楚。我们会错过的。我有过这样的经历。"珍妮愤恨地回答道。

我忽略了珍妮的柏拉图式经历,她那种在海边度假的经历最多持续十天,极少流露感情,仅仅有一些亲吻和拥抱。我不顾她用了我贬义的绰号缪西娅,只是关注讨论点:"他一定和你说过什么。"

"男孩们通常都含糊不清。你想一起出去吗?我打电话给你……"珍妮叹道。

"但人们都是这样开始的,如果你说要出去,那几乎是一种承诺!"我激动地说。当然,珍妮有时候真的很强硬。

"是的,如果所有给我打电话的人都这么做,我得给手机充一年的电!"

我意识到我们的谈话一团糟,毫无头绪。因此,我回到了主题:"听着,乔告诉我你是他的女朋友,甚至你是他很久以来一直在寻找的女孩……"

珍妮忍不住说:"真的?我不相信!"越来越震惊。

"我发誓!"

在这一点上,珍妮突然打断了我:"他是怎么来找你说这些事的?他为什么不给我打电话?"

---

① 缪西娅(Miuccia,1949—),PRADA(普拉达)的设计师,她的一生都献给了时装,为时尚界创造了一个又一个奇迹。——译者注

"啊,我不清楚。也许他还是保留了一点盖波的害羞。"

"你说什么?"她的语气充满了责备,"我觉得乔跟你说了一个大谎言,为的是看你的反应!"

"什么反应?"我生气地问道。珍妮在想什么?

"很抱歉,米娅,但你真的有必要单独见乔吗?"珍妮恼怒地问,"以采访为借口!凭借记者的身份。"

"我没有!"我抗议道。

"我敢打赌,肖恩根本不知道。"她指责我,有点卑劣。

"肖恩知道。"我怒吼道。

但珍妮失控地对我大喊:"看得出来,他喜欢被戴绿帽子!"

"你个蠢蛋!"我惹恼了她。我们两个人都很恼火,中断了我们的谈话。

发生了什么?我几乎哭了,有些生气和悲伤。我能感觉到心脏跳动,但内心的声音迫使我冷静下来。我和珍妮之间从未发生过这样的争吵,而且竟然是因为一个男孩!我想立刻打电话给她,告诉她我们都太过了(假设她理解了这个词),不值得为一个男孩破坏我们的友谊,但我没有这样做。

最好等珍妮冷静下来,并意识到自己因嫉妒才对我恶语相向。我只是为让她高兴,告诉她走进了一个男孩心里,他是多么喜欢她,结果却使她失去了理智。

因此,我开始工作。写作、学习是我消磨时间的方式,可以更好地思考、阐述自己的想法。我在这里用文字点缀足球运动员乔的故事。

你感觉公司怎么样？

一个专业、严肃的环境，什么都不会被忽略，有才能之人清楚他们的职业。你不能掉以轻心，必须全力以赴，我喜欢这样。这不是游戏，我们都是专业人士。我们之间存在竞争，这很正常，但是也有友谊、乐趣与尊重。这不像在学校，老师们对你会像对待一个愚昧无知或愚蠢的小孩一样。在这里，人们把我们当作负责任的人来对待。

你对学校的看法有些消极，并非到处都是这样。

可能如此。但当我和我的兄弟或朋友交谈时，我觉得自己更成熟、更稳重。对于孩子们来说，他们似乎生活在一个必须学习的大气泡里。成绩靠重复灌输知识。而我必须一直刷新成绩，成绩不能重复。我要对自己负责，我不能趴在爸爸的肩膀上哭。

在你的环境中是否有困扰你的什么东西？

也许是进入一个巨大的体制、一个重要的世界，在聚光灯下，运转着众多财富，在那里你会变得非常有名。成功会毁坏你的生活；而在足球中，你需要谦虚和纪律。我们的教练不厌其烦地重复这点。我们不能忽视我们是运动员的事实,而其他一切都会在以后发生。从一开始,你就会感觉自己就像是一台运转的大型投币机。足球是笔大生意。你可以从所处的机构、可用的物品、所赚的钱等方面感受到这点,似乎一切都很容易,触手可及。你必须知道这点,必须尝试为自己辩护,有人为你提供建议和进行管理,否则你会有被这个体制粉碎的风险。

你的优点和缺点分别是什么?

我认为我的优点是充满激情,我会全心全意地投入自己的事情。但这也是一个缺点,我对事情投入太多的激情,盲目前进,对后果思虑不周。我应该多反思。但我是一名运动员,不是哲学家!

这就是采访的内容。然而,很难将一小时谈话中的点点滴滴,尤其是乔自夸的话组织在一起,像所有虚荣的人一样,他没有看到自己的缺点。谁知道珍妮会不会重新评价他。

一个奇怪的人联系了我

已经过去了两天。珍妮那边一点儿消息都没有,甚至她在学校公然无视我,大家都看出来我们之间气氛不对劲。我决定再等过些时日，因为我还没有足够平静的心态要求她了结此事，承认我们俩都错了。

这样，珍妮在教室里与卢奇挽着胳膊，而我则与一些同学聊天。课间休息时，我跑到院子里见肖恩。我已经让他看了我的访谈录，我们讨论了是否将其提交给安迪，安排刊登在下一期或下个月出版的有关体育的一期专刊。简而言之，我手上仍然攥着访谈录，继续在家里反复推敲，想象着安迪的反应。

今天下午，我在手机显示屏上看到一个"私人号码"。我不打算接，如果一个人不想被认出，至少他应该被忽略！但我很好奇，我知道，然后按下接听按钮。

"我可以跟米娅·马尔塔利亚蒂说话吗？"一个男士问道。

"是的，我就是，抱歉，请问您是谁？"

另一边，那个家伙带着一个我难以记住的复杂名字彼得·迪什么的出现，并自称是乔球队的"对外关系经理"。这没什么！正当我不知所措时，那个男人又说道："抱歉，打扰到您了，但乔告诉了我您的采访。"

他如此正式地跟我说话，使我感到非常恐惧。"是的。"我回答道。

"是这样，关于这次采访，乔没有告诉过您在他的合同中明确写着所有的对外沟通均由我的办公室管理吗？"

"并没有告诉我。"

"对他而言,这是一件小事,也许他并不在乎。他跟我提到一本学校杂志,您知道吗?"

"当然。"我开始从惊讶中恢复过来,尝试争取时间,"抱歉,对外关系是什么?"我还没有冒失到要求他向我重复一遍像火车一样长的姓氏。

"我们一般管理人员与外界的沟通。"

作为解释,这似乎并不足够,我知道人们经常把简单的事情复杂化,也许只是为了显示其重要性,所以我问:"一种新闻办公室吗?"

"当然也是。"他最后赞同道,"因此我得……我想咱们能以你相称吧……"

"当然,"我沉思着回答,因为我更愿意重申,"不,请继续用您称呼吧。"

同时,他镇静地继续说:"……我们对乔的采访很感兴趣。尽管该杂志知名度有限,而且是针对年轻人的,但未经我们办公室同意,该采访不能发表。"

这种隐约威胁的语气使我坚定地驳斥道:"不好意思,我们国家没有新闻自由吗?"

"当然,不成问题。"那家伙回答,像机器一样给我灌输,"但也有一些用来规定职业关系的规则,以保护公司……"这种情况持续了几分钟,正如你能够想象的那样,我听懂的很少,甚至一窍不通，只明白了乔不能随意与任何人谈论他的球队及他所属的重要公司，就算是中央情报局也不行。

"但乔并没有透露任何机密！"我试图为自己和乔辩护，"他向我讲述了他对足球的激情，总之，没有任何商业秘密！"

我试图讽刺，但那家伙却非常认真地回答说："你看，即使在开玩笑，你不也说中了问题？对你而言，微不足道、寻常无奇的事情，可能被其他人恶意解读。首先，运动员易受攻击，他可以跟一个女孩自由交谈，但却使整个球队要冒被好奇和更老道的精明人士，也就是我们说的肆无忌惮之人算计的风险。"

那会是什么？与其说这是足球队，不如说更像一个反黑手党小分队。

"我明白了。"我回答道，即使不太了解他们的谈话方式。实际上，把我的文章视如核弹一般实在荒谬。况且这家伙甚至都没看过这篇文章啊！

"当然，为了乔好，我确定我们会互相理解的。"语气宽慰，可以猜到他随之而来的随和的微笑。我立即阐明我的最大让步："如果要提前审阅访谈录，我已经与乔达成一致，把采访稿给他，您可以和他一起看看。"

沉默了片刻，这个彼得·迪什么告诉我："是的，我知道。但我找公司负责人谈过，我们一致认为最好的解决方案是不要在杂志上发表。"

"那是什么意思？"我脸色阴沉下来。我受够了这家伙的腔调。

"我非常确定这次采访做得很好，而且乔处于最佳状态，但是公司拥有《体育报》和《我们一流》杂志的独家发行权。即使是边缘刊物很小的一期内容也可能使我们尴尬。"

这次我保持了片刻沉默。为了不至于太突然，至少需要数到五。"抱歉，您能重复一次您的名字吗？"我最后问道。

"彼得·卡多诺·马格里尼·迪·瓦尔莫拉纳。"

这就是我记不住他名字的原因：这不是一个姓氏，而是一个标签。

"听着，瓦尔莫拉纳先生……"幸运的是，他打断了我，因为我的发音，他忍俊不禁：确定这不是在开玩笑吗？

"像所有人一样，叫我卡多诺博士。"他说得很坦率，就好像我是他的新兵。

"卡多诺博士，很抱歉，我是不会放弃此次采访的，正如我告诉您的，每个人有新闻自由、见解自由和言论自由，也许在您的私人公司不是这样的，但在这个国家是。"在我讲话时，我为自己感到无比自豪。的确，就像足球运动员或士兵一样，在爱国主义迸发的情况下，我甚至想要高唱国歌。

我等着瓦尔莫拉纳博士威胁的烈焰，但他认为我很有道理，说道："毫无疑问。也许我没有解释清楚。"

"嗯，我觉得是这样。"

"正如我试图告诉你的，我们的公司有《体育报》和《我们一流》杂志的独家发行权。"

"是的，我明白这点。"

"这样，我们想买下你的文章，并把它放在这两个出版物中的一家发表。的确，加入一个女性鲜明的意见是非常好的，从一个女孩的角度看待一位最年轻的冠军……"

我简直不敢相信自己的耳朵。据我体会，这并不是对先前误会的解释，而是一次颠覆性的变化，实际上是逆转！我无言以对，瓦尔莫拉纳博士坚持问道："米娅，你怎么看？我可以叫你米娅吗？"

"当然可以，这是我笔名。"我迷惑地解释道。

我不认为乔那个笨蛋会告诉他我的真名是玛丽亚·维罗妮卡。

恋爱的烦恼

这时，我正在考虑是否接受这样一个令人难以置信的提议：在大范围传播的国家级报刊上发表自己的文章！得到一位享有声望的经理许诺，你明白的，我几乎是飞上九重天啦。我在房间哼唱，迈着舞步，就像渴望宫廷舞会的灰姑娘一样。但我不是没有艺术细胞的可怜女孩，我是一名真正的新闻工作者！是与重要人物、经理、老板交谈的新闻记者,就像奥莉娅娜·法拉奇一样!

我必须立即与肖恩谈谈,但在我给他打电话前,珍妮亲自来我家找我。这似乎是一个红色代码——非常紧急的信号。

"嘿,米娅,对不起,我没有给你打电话,我手机没电了。"

我避免让珍妮注意到她可能在家里找不到我,让她安心地说:"你做得很好。"显然我有些矜持,我们已经好几天都没打招呼了。

"除此之外,我意识到这真的很奇怪。我是说,在我看来,好像什么都没发生过。"

"是的,真有点奇怪,但是……我很高兴!"我大声说着,拥抱着她,感觉自己都快要哭了。

这些天我多么想念珍妮啊!

我们紧紧抱在一起,直到我们俩都有点尴尬。我们分开时,珍妮的眼睛也湿润了,眨动着睫毛,用颤抖的声音说:"我知道你是真正的朋友!很抱歉,我真是个浑蛋。"

"没关系,我也有错。"

珍妮叹了口气,像个麻袋一样跌坐在床上:"你知道,和乔在一起,我真的丧失了理智,包括对你做的那些……"

我示好地坐在她旁边:"好啦,已经过去了,你别担心,你看,我已经忘了,都过去了。"我几乎要告诉她刚刚接到的电话,但从珍妮的表情看出,她很着急。

"你真的很好，听着，我马上来找你是对的。只有你能理解……因为你认识乔。"

"这和乔有什么关系？"

"嗯，有关，当然有关……在两天内，情况发生了变化。就是说，自从咱们闹矛盾，你们见面之后……我们俩碰面了，他给我打电话……总之，我们在一起了。"

这是一个创纪录的综合归纳的范例。我像木偶一样张着嘴巴，睁大眼睛，仿佛遭到电击。我只能说："加油！"

珍妮坦白了一切，就瘫软在我的床上，筋疲力尽。她躺在那儿，肘部撑着身体的上半部，这样当我爆发出一系列欢呼声时，珍妮可以跟我一起欢呼："太震惊了！真是个好消息！"

当珍妮不理解我为什么会欣喜若狂时，就像罗比一样看着我。例如当我因取得好成绩蹦蹦跳跳地回家时，她就如此。因此，片刻的欣喜后，我克制自己问道："珍妮？怎么啦？是激动的？你为什么像蛇一样站在那儿呢？"

她叹着气，转向侧面，脸靠在手上："我不知道我是否像你一样幸福，仅此而已。"

"你最好解释一下，因为我有被搞得头疼的风险，你不喜欢乔了吗？"

珍妮放下支撑的肘部，半边脸埋在棉被里："不是！乔令人心动，十分帅气，而且很温柔。"

"所以呢？"

当然，珍妮知道自己有时会令人厌烦。又来了，她再次从被子里抬起头来问："我很想问你，比如肖恩，他怎么亲吻的？"

"这和肖恩有什么关系？"我严肃地反问。

"当然有关系，你会明白的。总之，快回答我。"

"天哪，珍妮……好吧。"我含糊其词地回答。

"你肯定知道答案。"珍妮摇了摇头，坚持问，"好啦，怎么亲的？"

我试着逗她笑，但珍妮很坚持，有些固执："我是说，是热情地还是轻轻地？"

"我想是充满激情地，但我不知道我们说的是不是同一件事。他不会吝啬自己的吻，准确地说轻吻，但并不疯狂。"

珍妮终于站了起来，弯腰向前，用手拍着大腿，像疯子一样笑着："在我看来，疯狂的就很好，需要用刀才能把两人分开，就像贻贝一样！"

"嗯，不是这样。总之，我告诉过你，他以我喜欢的方式亲吻我。"我打断道。珍妮又继续问道："你们亲吻平均持续多长时间？"

"你疯了吗？你看见谁亲吻还自己计时吗？"

"也就是说这不是一个蜜蜂蜇一下的吻，也并非没完没了的吻，对吗？"珍妮熟练地讲道。

"不是，不是这个意思。有时亲吻会让时间停止，当我睁开眼睛时，仿佛瞬间过去了一个世纪。"

现在，也许我有些夸大其词，但珍妮看起来真的很感动。甚至她的表情也发生了变化，珍妮显露出幻想的表情。"哦，太棒了。显然你是作家。"珍妮感叹道。

"但这和我有什么关系？你不也是这样吗？"她陷入沉默，于是，我对她说，"好吧，和我说说你和乔的情况。"由于珍妮犹犹豫豫，我决定采取合适的方法介入："我亲爱的女警，你想要这个吧！"我伸手在她的腰部和胳膊上，挠她发痒。"说吧，不然我就继续折磨你！"

她跳到床上，挣扎着："不，放过我，放过我！"然后她抓着我的枕头，开始打我。我边逃边笑，随手抓起房间里的一个毛绒玩具，冲了回来。我们拿着枕头和毛绒乌龟对打了一会儿，扬起了不少灰尘。也许我很久没有给毛绒玩具除尘了。

"饶了我，饶了我！"珍妮终于一边咳嗽，一边大喊道。

我气喘吁吁地扑到床上："所以？"

珍妮躺回床上，呼气。她也闭上了眼睛，说道："听着，乔帅死了，但他亲吻时却是半场灾难。"

平心而论，我对此表示怀疑，但我并没有说出来。我笑着问道："蜂蜇式还是疯狂式？"

"正确的定义也许是抽水机式的。"

我停止窃笑,睁大了眼睛:"不会吧!"

"这甚至令人尴尬。我走近了世界上最帅气、温柔的男孩,发现自己被吸进一个永不停止的无底旋涡。就像把美味的桃子塞进嘴里,把它在唇齿和脸颊之间压碎,然后滴在刚洗过的衬衫上。"

"可怕!但这是一个完美的比喻。这里如果有一位作家,那绝对是你。"

"什么作家!你了解我最后的那种尴尬吗?直到他亲吻我之前,我都疯狂地爱他,真可悲!"

我同情地摇了摇头:"我明白,那一定很可怕。"

她暗讽道:"我敢打赌,你和肖恩正好相反。你情况不错。但你说我该怎么办?"

"有一件事你可以做,你告诉乔你们两个并不合适。很遗憾,你要明白,这不是你们俩的错。"

珍妮突然站起来,争执道:"但我认为这是他的错。他不能那样亲吻,我认为我应该告诉他,至少他要改正,我不知道……他可以学习。"

"你教他?我不认为会有接吻课。"

"对啊!这是一个主意。接吻课!"

"但是没有接吻这门课,你能想象吗?谁来当老师?专业的接吻者?"

"如果老师是约翰尼·德普[①]，我会马上报名。"珍妮开始幻想了。

"那是电影，他是演员，他亲吻的都是女演员，他们在表演！"

"是的，但是那些女演员亲了他，德普也吻了她们。"

此刻亟须回归现实，尤其要解决珍妮的问题。因此，我严肃地说："现在，别哭了。"

"不！你说得对。我只是想到他就毛骨悚然了。你说得对，我必须离开他。我会给他发短信……"

"等一下！"珍妮已经伸手去拿手机了，我拦住了她，"谁建议你和乔分手啦？我是说你要和乔说清楚。"

"不是一回事吗？"她在我面前睁着两只饿狗一样的眼睛。可怜的珍妮！这对她太残忍了！

"我不这么认为……听着，我有一个主意。乔是一个足球运动员，你试着告诉他必须用不同的方式盯住你。"

珍妮突然大笑起来："好主意！我就这样和他说。我写给他，你觉得怎么样？"

"我觉得不要！"我气愤地回答，"这种事情你怎么能写短信？必须面对面解释。"

珍妮变得很紧张："但我不能，你看到过我在他面前何等

[①] 约翰尼·德普（Johnny Depp, 1963—　），美国影视演员、制片人、音乐人。——译者注

无能吗？像一条鱼似的说不出话来。我向你发誓，我的大脑一团糨糊。"

"嗯，我知道了。"我点点头，回答说，"但后来情况就变了，对吧？"

"来吧，最好写给他！"珍妮坚持道，紧握着手机。

"如果你真的这样想，那就把你想说的写给他，也许你们可以晚些见面。"

"别担心。"珍妮说道，她的眼睛已经盯住了手机显示屏，"你不要以为我想见他的时候他能有空，他实在太忙。而这一点也不太好。比如，我总是有空，乔告诉了我他医生式的活动时间表，从上午七点到八点，从下午三点到四点……"同时，珍妮像织网的蜘蛛一样快速触摸着按键。"写完了！你看看。"珍妮把手机递给我，我大声地念道："你好，小老鼠……小老鼠？"我难以置信地惊呼道。

"为什么？你不用昵称叫肖恩吗？"珍妮生气地反驳道。

"但这不一样，小老鼠！"我抗议道，已经被不可避免的笑声刺激了。我想知道这两个人是否真的没有犯过一个共同的错误：乔认为珍妮是个"敏感单纯的女孩"，珍妮称呼乔"温柔的小老鼠"。

无论如何，这个短信不会引起怀疑。

"很抱歉，当我们见面时，你给我留下了深刻印象，你很温柔,但我不是那个适合你的女孩。我们还是朋友?吻你,珍妮!"

如果能够保留住亲吻就好了,这个背信弃义的珍妮。

冒着失去文章的风险

总有些空闲的日子,直至夜晚降临,似乎一事无成。总有那么几天却接二连三地发生许多事,以至于你会想:为什么事情不会一次一点地在不同的时间段发生呢?为什么要像大群海鸥都挤在一块面包上一样?好吧,今天恰恰是匆忙的一天,很难喘口气。

在那个重要的电话、珍妮的到访以及快速浏览拉丁文后,我约了肖恩在午后学校图书馆碰面。我有点焦虑,因为我今天几乎没有碰过书,而且我打算冒着被妈妈冷嘲热讽的风险在晚餐后学习。当肖恩见到我低头看书时,他立刻给我起了个绰号"黑母鸡",就是晚上才下蛋的母鸡。

肖恩一反在公共场合不涉及情感的规则,一进入图书馆便抱着我。

"孩子们,停下。"就像从魔术师的帽子上掉下来的兔子一样,图书管理员从书架后走过来申斥我们。即使她的语气一点也不严重,表情也很和善,我还是忍不住脸红了。

肖恩尴尬地推了推鼻子上的眼镜:"抱歉,盖蒂,你是对的。"

她点了点头，戴着老花镜审视着我们，脸上挂着嘲弄的微笑，问道："你们是来借书的吗？"

"实际上，我们有个小会……"

"我明白了。"她愉快地回答道。

我用手捂住嘴，以掩盖我的紧张不安。而肖恩并没有在意图书管理员的话，问道："安迪已经在这儿了吗？"

"我好像没有看到她，为什么？"盖蒂好奇地问道。

"我们预定了会议室。我们可以去那儿？"

"当然，会议室空着，"她总是用暗示的眼光强调最后一个词，"我建议你们要干正事……"她以惯常的语气委婉地说道。与此同时，我们拉着手向摆有一张大桌子和十几把椅子的小会议室走去。

肖恩越过门槛。肖恩是"激情"的生动样本。不仅在隐喻意义上是情感的冲动，而且从字面上来说：他使你脱离地面，把你带到另一维度，这时时间停滞了，而空间里只有我们……

我似乎听到了远处有一阵砰砰的声音，也许是现在的我心已经跳出体外了？才不是呢！砰砰之声还伴随着令人不快的语调："我打扰你们了吗？你们可以通知我这是一次私人聚会，真该死！"

我盯着房间的地板，发现安迪面带怒容出现在我面前。肖恩含糊地说："很抱歉。"

我傻傻地笑着，借助这种傻笑解决神经系统不知如何反应的问题！我想沉着冷静地应对，平静地向安迪打招呼："噢，亲爱的，你当然不会被一个吻困扰，对吗？"但这是电视剧里魅力十足的女星的台词，实际上无论是语气还是态度都是常人难以做到的。总之，我的笑有那么点卑劣、怯懦。

肖恩正在整理衣服，事实上看起来他像被旋风狂吹过一般。我怀疑自己是否也是衣衫不整，赶紧躲进卫生间整理衣衫："对不起，我马上回来。"我以为会在镜子里看到美杜莎①的脸，头发竖立，眼睛瞪大。相反，一切正常，的确，我脸颊的颧骨红彤彤的，从未这样脸红过！我梳理了下头发，洗了洗手，然后回到会议室，看到安迪和肖恩正在亲密地聊天，这让我有点恼火。不过，安迪现在是我的朋友，我得尽量赶走吃醋的蚊子。

当我在洗手间时，肖恩向安迪提到了乔的足球俱乐部的一位高管在电话中提出的那个奇怪的建议。现在轮到我详细地向他们讲述这件事，听取他们二人的意见。他们沉默了片刻，交换了一下眼神，这再次稍稍刺痛了我。

"很抱歉，告诉你，米娅，但在我看来，这件事味道不对头。"安迪说道。我之前的伤感立马消散了，安迪太粗鲁了，以至于肖恩不会真的喜欢上她！当然，安迪聪明又漂亮，但她说话

---

① 美杜莎（Medusa）：古希腊神话中的蛇发女妖，凡看见她眼睛的人皆会被石化。——译者注

像个车夫。

"是的,这很奇怪,尤其是你意识到那个家伙首先试图说服你放弃文章,然后他又建议你发表。他有没有跟你谈论钱?"肖恩补充道。

"他并没有和我谈钱,但说过会买下这篇文章。"

"嗯,当然。一旦买下,那就是他的东西了。"安迪说道。"我必须给'博里亚阁下'打电话。"她叹气道。

"他是谁?"我问道。肖恩锐利地看了我一眼,就像说"别问",但安迪冷冷地回答道:"我爸爸。我只为你这样做。"

也许吧,但她这样说使我为难。与此同时,安迪走开去打电话。肖恩抓住机会握紧我的手,十分温柔地看着我。我看到他在眼镜后望着我的眼神十分温和。我再次被带到了另一段时光,安迪打完了电话,耗时可能比我在肖恩眼神中熬过的那几秒还要长,一感觉到安迪回来,肖恩就把手缩了回来,摆出平时那种酷酷的表情。

"天哪,累死了。"安迪说着,一下跌坐在椅子上叹着气,好像刚刚完成了举重。

"抱歉。"我感觉必须对她说这话。

"算了,这不是你的错。反而至少以你的文章为借口,我打了一个像样的电话。通常都是他打电话,我们从不知道他会说啥。相反,在他了解的领域询问他时,这个疯子就立刻启动,谁都拦不住他。反而是他给我回了电话……难以置信！"现在，尽管安迪在抱怨，但我清楚安迪对此次与她父亲的对话很满意。她的眼睛闪闪发亮，语调有些刺耳，但在我看来此次与她父亲聊天安迪做得不错。

"总之，他证实了我的怀疑。"安迪压低声音，脸色阴沉地说道，"那个家伙打电话来阻止文章的发表。乔球队的主席，不仅是青年队的主席，还是整个……"

"公司。"我补充道。

"对，公司。简而言之，乔球队的主席是一位建筑业的亿万富翁，到处都是他参股的产业……"

"一个形迹可疑之人。"肖恩说。

"我也是这么说的，但是爸爸保持中立，你知道这是怎么回事。在指责某人之前，我们需要十分谨慎，到现在为止，他成了这个行业里的大鳄。"安迪解释道，在我看来这是孝顺的表现，"总之，你能想象一个建筑业大亨吗？不是任何普通人：他建造了诺瓦城……"

"天哪！整个南部地区。"

"高尔夫球场上有苍鹭的那个城市吗？"我问道，他们两个都很钦佩地看着我。

"米娅，令人震惊！你怎么知道？"肖恩问道。

"每个人都知道……"我嘲笑道。但实际上，并非每个人都知道这点。我之所以知道，是因为几年前贝尔尼因为著名建筑商班德罗的推土机摧毁了郊区近一半的生态系统而恼火过。

"但我不明白我的采访与那位主席及其业务有什么关系。"我感到困惑，但安迪却十分肯定地说："有关系，有关系。摆在台面上的任何关于公司的事情都不应该出现。或许仅限于胡说八道……我读了采访。另外，我还没有告诉你，在我看来，采访写得不错。"安迪说，好像这是显而易见的。

但是对我来说，这一点都不明显。我畏缩地坐在椅子上，惊讶地问："真的吗？"

安迪皱着眉看着肖恩问道："怎么？肖恩没有告诉你吗？"

"抱歉，安迪，但还是你自己直接说出来比较好，我不当发言人。"肖恩的回答有些犀利。

"该死，你太敏感了。"安迪激动地说。

从当初的眨眼会意，到现在他们两个因为我的过错而开始争论。我不想变成他们闹摩擦的原因！因此，我发自内心地劝阻他们："抱歉，这不重要。再说，安迪，你还没有完全告诉我们你父亲和你说了什么。"

但她太固执，不肯放弃，坚持挑衅地说："的确，没有必要目中无人，因为我周围有的是诬蔑、诽谤我的人……"

"其实，"我立即打断她，"他给了你一个重要的提示，这对我们非常有用。"

"好了，安迪，我不想伤害你。"肖恩终于开口了，幸运的是他并没有生气。

安迪冷静了下来，微笑着说："好吧，西格里诺告诉我，买下文章甚至书稿，然后压住不发表，这是控制信息的一种非常普遍的柔性方式。"我不禁注意到，"爸爸"变成了"西格里诺"，为的是突出强调对话者。

"然后呢！"肖恩突然站起来，忍不住追问，"没有版权吗？"

"听着，他说得很快，之后将会详细向我解释。"安迪生气地说，"或许西格里诺经验比你丰富，难道不是吗？"

哎，阿曼达说得有些伤人！她确实像弹簧。安迪当然没有意识到这一点，但是安迪的性格与她父亲极为相似，讽刺地称呼老爸为"博里亚阁下"。简而言之，"西格里诺"父女二人会反击任何触及他们的人。

"所以，那个人想买下访谈录然后锁在抽屉里吗？"我担忧地问。

"差不多。"安迪简洁回答道。

"别卖给他。"肖恩皱着眉头说。

"佐罗来了！"安迪越来越讨嫌地说，"无论如何，米娅需要乔的同意才能发表。你认为他会怎么做？"

作为回应，肖恩转向我："好了，走吧。"

我从椅子上站起来，想抗议：怎么能这样突然离开？肖恩皱着眉头，抢在我前面转向我们的朋友生硬地说："非常感谢，安迪。"我想跟安迪贴脸告别，但并没有这个机会。

安迪黑着脸，猛然站起来，比我们更先走到门口，瞬间消失了，好像刮过了一阵风。

我因这次谈话而心情沉重。那个邪恶的电话导致我们分道扬镳。

一切顺利，收到好消息

有许多像阿曼达这样清醒睿智的人，不但知道很多事情，还能凭借一系列的推论演绎，防范另外一些事情。但由于某种S的因素，不是运动（sport）、成功（successo）、娱乐（spettacolo），或我迄今为止谈及的任何其他因素，而是由于情感（sentimento）的因素而沦陷、落败。而情感不仅使事件无法预测，还揭示了人们最慷慨和友好的一面。

例如，安迪，一个玩世不恭的女孩，充满攻击性的记者，在与父亲通过电话之后，跟我走得更近了。所以我不断让肖恩给安迪打电话，希望不要因吵架使他们的关系出现裂痕。我知道与朋友争论时会发生什么：总是口中感到强烈的苦涩，而且不是比喻的意思。

但肖恩一开始很坚定:"听着,安迪竭尽所能地惹我生气。我不知道她怎么了。"

"在我看来,根源是她跟父亲的那通电话。"

"得了吧,米娅,我不想当心理学家。我也明白她的事情,但这和对我大肆抨击又有什么关系呢?"

"也许是因为没有讨论西格里诺的话。"

但肖恩恼火地伸出一只手拦住了我的话:"得了吧!首先讨论的是安迪。你没听见安迪称呼他什么吗?博里亚阁下!你明白这种感受。"

"的确。只要安迪批评他,一切都好,但是如果别人敢批评他就麻烦了,他可是著名的新闻工作者!"

"是的,也许你是对的。"肖恩最后若有所思地说。然后,他激动地看着我:"你知道你应该写什么吗?心理小说。"

这次我生气地反驳他:"怎么你们所有人都告诉我要写什么啊?"

"抱歉。所有人都是谁?"肖恩生气地问。

谁曾想到争吵的硝烟甚至在我们两个人之间蔓延?此刻,我们正在争论一件蠢事,结果,我们板着脸僵持了一会儿。在此期间,我产生了非常黑暗的想法,就像嘶哑的乌鸦一样:他不要你了,他抛弃你了,你是个讨厌的人,你真令人厌恶!

但是走到我停放自行车的地方时,肖恩对我说:"我错了。"

我没想到会这样！我抱着他说："不，亲爱的，你做的一切都是对的！只是能量有点过大，是那个有三个姓氏家伙的错，该死的。"

乔出乎意料地打电话给我，约我第二天见面。我一直打瞌睡，因为头一天做作业很晚才上床睡觉。我为我的文章担忧；为我落下的功课和尚待补上的学习量而焦虑；再听到乔拒绝发表访谈录，更是生气。

"你介意我们见面谈十分钟吗？"他不禁问我。

"我不知道我是否有时间……"我以作业为借口回答道。

但是他果断地说："就十分钟！咱们半小时后见，拜托了，你欠我的。"

我甚至没来得及回应说我什么都不欠他。正是这样！我本想不理他，但后来想到了我的文章，以及我父亲经常说的必须保护自己的劳动成果，尤其还是不错的成果。因此，我鼓起勇气，骑着自行车去约好的地点——离家不远的一家冰激凌店。

这个时间点天气还不太热，冰激凌店空荡荡的。乔已经在桌边等我，面前放着一杯水，脸上表情十分忧郁。

"你要点些什么？"他殷勤地问。当然，他的确很帅气，他今天穿得很柔和，毛衣搭配着一条普通的牛仔裤，没有戴傲慢的墨镜，头发没有光泽，额头上挂着一撮碎发。用背信弃义的珍妮的话来说，很温柔。

"你点了什么?"我问道,因为很多时候伏特加看起来像是水。

"不带汽的水。"

"我也要一杯。"

他点了另外一杯水,我讽刺地说:"我们确实是两个奢侈的顾客,对吗?"

乔没有笑,却直截了当地说:"我想告诉你珍妮甩了我。"

"嗯。"我谨慎地回应。

"以什么方式呢?用一条短信。这是我没想到的。"他怒气冲冲地抱怨。

"你应该找她抱怨,而不是我。"我冷冷地说。

"我会的。当她允许我见她的时候。珍妮不接电话,给我写了一些疯狂的东西,比如'现在不是时候',等等。不,抱歉,算了。"他摇了摇头。哦,天哪,乔不再盛气凌人了!那个非常自信又有点自夸的男孩哪儿去了?

"她不想见你,也许对她来说也不容易。我可以向你保证,珍妮喜欢你。"

"还有什么用?我像对待公主一样对待她,我只是吻过她一下!"

的确,我很想告诉他,但我也不想以牺牲朋友为代价说闲话。"过去了,"我以哲学家自居地说,"两人相遇,彼此喜欢,然后却没有擦出火花……"

乔忧愁地听着我讲话:"珍妮真的是我梦寐以求的女孩。"

"是的,但也许你不是她梦想的男孩。"

"没错。"他喝了口水。

"也许对你来说是一种安慰,你是很多人的梦中男孩。"我继续卖弄学识地说着。真不知道如何跟垂头丧气的乔一起摆脱困境。

"我知道你来的目的。"他盯着我说,眼睛闪闪发光,让我有点害怕。当他向我解释时,我保持着沉默。"那篇采访。你要我同意发表它。"

"我没想过这事。"我真诚地说,"如果你以为瓦尔莫拉纳骑士吓住了我,那就错了。"

最后,他哈哈大笑道:"伟大的米娅!这个卡多诺博士,还成了骑士!"

"你会明白的,他已经开始为你申辩了。"

"但是,他知道到处都是危险,你知道这是怎么回事。恶意新闻、八卦、调查!"

"但是你看了我的采访稿,对吗?"我困惑地问。

"是啊,当然看过了。我也把它读给我的伙伴们听了。他们问我,你是不是容易接近,你是哪种类型的。"

我皱着眉说:"这叫什么话!"

突然他又开始讲:"我说你很漂亮,但很不幸,你名花有主了,我说得对吧?"

"错,是我很幸运地名花有主,你这些恭维话,是为了告诉我你拒绝发表吗?"我生硬地问。

"不,恰恰相反,我想告诉你我同意发表。随便你怎么做,我讨厌被人监视。此外,谁知道,读完这些话,珍妮会不会重新考虑我呢……"他颓废地说。

这不,我一直等着他告诉我一个坏消息:不允许我发表采访,结果却不知不觉地获得了最重要的结果。我可以发表我的文章!

我说过:在生活中总有情感的因素帮助我们。

 # 采访学校获得成功

我开始寻找故事

有人时不时地追问我高中毕业后打算做什么。

我现在刚上高一,而且我觉得这将是一条上坡路,怎么能想象我在四年艰苦的岁月过后会做出怎样的决定!这就像在问一位正在攀登珠穆朗玛峰的登山者,他下一步将攀登何处。至少,他应先到山脚那个国家。

但我无法那么坦率。当然,我可以漫不经心地说:"我认为自己正致力于研究极地桦树。"或耸耸肩悲哀地表示:"这是一个令我崩溃的问题!"但每次我耐心地回答"我不知道"时,我还没有下定决心。

我当然不能脱口而出说我的梦想是成为一名记者和作家。首

先,因为如果名人询问我,会投以勉强掩盖怜悯的鼓励的目光:"多好的想法!"(解读:可是,大量年轻人失业,你觉得这算个啥想法啊!)之后就是怀疑:"那么,你擅长意大利语吗?"好像记者的工作是课堂作业的自然延伸,我立刻意识到这不是真的。是啊,比如我的教授已经会纠正这句话,因为它太别扭。没有人注意到在学校的写作不同于新闻语言:必须始终有支撑句子的主语,必须使用主从副句或并列从句,如果忽略了动词变位[①]就麻烦啦!

"要变位,变位!"特隆贝蒂教授手在空中挥舞着,像咒语一样重复着,好像在为严谨的词法和句法之歌打拍子。

而在新闻用语中,至少在我看来,要直奔问题的要旨,没有弗吉尼亚·伍尔夫[②]教授所重视的著名题外话,没有任何个人看法、煞费苦心及多愁善感,总之,必须在几十行内透彻地讲述一个故事。因此,语言更加朴实、简短、精练——从句打散,成为独立句,必须保持快速的阅读节奏,至少就我而言,产生一定的效果。

---

① 意大利语动词都要变位,按照主语的人称、动词的语态和时态进行变位,很多意大利人都会犯变位错误。——译者注

② 弗吉尼亚·伍尔夫(Virginia Woolf,1882—1941),英国女作家、文学批评家和文学理论家,意识流文学代表人物,被誉为20世纪现代主义与女性主义的先锋。——译者注

现在，我不想成为一个卖弄学识的人，但我之前做的采访就是一个好案例，也是一块硬骨头。最初，我写了三页的废话，然后进行删减，决定加上乔在官方问题之外告诉我的内容概述。简而言之，我试图忘记自己在学校的写作方法和叙述方法。我试图使用更加简洁的语言。当然，我不一定能在其他尝试中成功。采访毕竟更容易——得益于受访者说的话有一定的节奏，比自己写的速度更快。

因此，即使我的文章发表在网络杂志上，我的同伴们也对我称赞不已，但我并不觉得自己是一名记者。珍妮仍对乔持双重态度：坚持自己不能见乔，但又在某种意义上监视他：给他发短信（你在做什么？你今天怎么样？），问我在采访后有没有再见乔，是否有任何消息……总之，来来回回地问，令人恼怒，我希望这种情况尽早结束。

说起来，我对乔的采访并不是我唯一的尝试，虽然此事被珍妮纠缠不休，但我还得寻找其他值得讲述的故事题材。总之，一篇真正的文章，一件令人震撼的事情，带点肖恩所建议的心理学色彩。

细想起来，我不具备报道黑色新闻的条件：谁会允许我进入警局去获取信息？再说，也许这不是我擅长的事。相反，我想讲一些我喜欢的社会事件：一场王室婚礼、一场豪华聚会，或者与电影或音乐明星同台的音乐电视奖、众多诺贝尔奖获得者参加的国际文学节……嗯，那将是多么美好！但是以我的微薄之力，能讲述些什么呢？

我坐在书桌前，大脑抽搐着，非常紧张，妈妈突然闯入我的房间，她总是选择在最糟糕的时刻与我讲话。

"甜心！"妈妈像吹响审判的号角一样大声喊。

正如我之前所说，我已经很紧张了，所以我大声问："你想干什么？没看到我正在学习吗？"

妈妈瞬间皱了一下眉头。我知道，每当她打开我的房门时，她都会想象，就像她看的那些愚蠢的电视剧里一样：一个甜美、性格开朗的女儿来迎接她，并说："你好，亲爱的妈妈。"相反，她在我阴郁的表情面前碰了一鼻子灰，失了面子。作为回应，她双手叉腰，好斗地问我："你从什么时候开始学习'填字游戏'？拿着手机在你的鼻子下面，手机还闪烁着？"

我只能执拗道："我在学习，正在琢磨我的新作业，关于意大利人的关系……不管你怎么说，不敲门进入房间是不礼貌的！"

妈妈激动地说："鉴于你假装学习，然后还像受害者似的，从现在开始，最好不敲门了。"

我就知道会是如此结果。我应该做的就是微笑着问："有什么事啊，小妈妈？"而我们不会变成这个样子。我抬头望着天，结果我的母亲越来越困惑："不要对我这个态度，玛丽亚·维罗妮卡！"

啊,她快爆发了,亟须立刻倒挡。"对不起,妈妈。我当时在思考写一篇新文章,一些特别的东西,但你打断了我……"

如果我妈妈有什么优点,那就是她一点就着,一吹就灭;当谈及我的创作时,尤其如此。因为很明显,我有点成为艺术家的迹象,我的母亲对这类人保持着最大的敬意。坦白地说,尽管在我看来,记者根本不是艺术家,也不是作家。我不知道如何很好地解释它,再说,这是我的看法,最好不对妈妈做解释。

结果立竿见影。一提及要写新作品,她阴沉的脸就松弛了下来:"真的吗?你有什么想法?"

"我不知道,我想描述一场盛会。"

"但是亲爱的!"妈妈兴高采烈地抱住我,"这就是我来这里的原因!"

妈妈向我宣布一件大事

年初,历史教授向我们解释了仪式在每个人类社会中的重要性。从古至今、从出生到死亡的每个重要时刻都有仪式。当然,随着时间的流逝,为适应社会变化,仪式有所转变。因此,与传统的与自然周期和农业相关的旧俗不同,今天我们有了新的仪式,例如周日的足球比赛。

今天也许索扎尼教授为让我们理解仪式的概念有些苛刻,但这种挑衅起到了作用，因为至少我的几个同学开窍了，指出仪式与神和宗教有关，而足球是一项运动，那算是什么例子呢？

随后这引起了激烈的讨论，教授满意地搓了搓手。我们所有人都致力于概述我们所知道的仪式的任务。最简单的仪式是关于出生和死亡、婚姻、宗教节日、狂欢节或地方守护神的。有人竟敢说国家仪式，他把仪式与庆典弄混了。

在教授的帮助下，我们终于意识到盛行着多少现代仪式。例如，诺贝尔奖或奥斯卡奖之类的颁奖仪式，以及最平常的学习或体育成绩的奖项表彰活动，还有祖父母的金婚、当选为主席或校长的庆祝活动，都要求公开演讲，从正式的（甚至书面的）到非常规的一系列动作行为，都要遵守某些规则。

在我看来，这一切都是索扎尼教授的即兴发挥，他喜欢拓展他的历史学科，使之最后总是无处不见，甚至是在很小可能出现的地方，如厨房或电脑。但历史总是纠结于建立联系，解释前因后果，即使只是一盘简单的番茄意面。

探究一切仪式就像在展示社会关系，以及社会赋予某些职务、角色等的价值，妈妈来得正是时候，她的眼角甚至有些湿润，大声对我说："亲爱的，告诉你一个好消息，玛蒂娜就要毕业了！"

"对您来说是个好消息。"我本想这样回答，快速结束谈话。但是随即想到索扎尼教授和他那个作为存在的关键时刻的重要现代仪式清单，其中就包括毕业。

"太棒了！"于是，我连忙大声回答，即使语气有些虚假。

"这不仅很棒，亲爱的。这是一件大事！"

现在，妈妈打算大肆宣传。这就是她多年来参加剧院工作坊的原因，在那里她可以自由地发挥她的狂热。但有一个小的缺陷，最后，这也给日常生活注入了一点戏剧性。怎么能把毕业当作一件"大事"？结束了多年的学业，但对玛蒂娜来说整整学了七年，也许妈妈是对的：这是一个大事，就像耶稣诞生一样。

"对此机会，我们所有人都必须做好准备。"

"所有人都是谁？"我好奇地问道。

"我们——你、我、爸爸，还有贝尔尼。玛蒂娜只有我们！"

我说过，妈妈太夸张了。但现在她更过分，把自己当成可怜的被抛弃的玛蒂娜的唯一依靠，而实际上她是一个在阿根廷有家人的女孩。我记得她身边都是亲戚——如果我没记错的话——她有一大堆兄弟姐妹、叔叔、堂哥堂姐和侄子侄女，玛蒂娜是姊妹中最小的，已经当了阿姨了。

但我正在了解玛蒂娜家族史，因为我从未关注过那个几年前来过我家的女孩。她来这儿多亏了玛丽亚奶奶。那时玛丽亚奶奶并不热衷印度思想，在一次阿根廷之旅中，她与玛蒂娜的母亲结下了姐妹般的友情。玛蒂娜梦想来意大利，比如注册上学，于是，玛丽亚奶奶说服了她来意大利上大学，作为她招待的客人。

那时我还太小，不太记得家族的事情，但我知道在某个时候，玛蒂娜去和几个女孩一起住，而玛丽亚奶奶抚养她，就像对亲生的孙女一样待她。我清楚地记得，当时我母亲对玛蒂娜并不那么友好：从未错过挑这个"狡猾"女孩刺的机会。玛蒂娜"钻进了"玛丽亚奶奶的家里，换了三次学院，在意大利的确找到了真正的新世界，并过着帕夏①般的生活。我们忽略了这样一个事实：妈妈曾经在美国当过帕夏，显然这是土耳其人的头衔。实际上，当时玛蒂娜并未得到高度重视。

直到一天，玛蒂娜去看妈妈表演的节目，这是一件真实的事情，因为工厂每年都会出一个节目，当天是在一个小型郊区剧院演出的，那个剧院主要用于学校表演、会议和教区庆典。总之，从那一刻起，二人擦出了火花。因为玛蒂娜对一位阿根廷作家戏剧的表演印象深刻，尤其极力称赞母亲扮演的一位死去的女人（她因此在大部分时间一动不动）。

从那一刻起，玛蒂娜成为一个"非常聪明"和"敏感"的女孩，经常借各种机会光顾我家，甚至去奥琳匹娅外婆和瓦莱里奥外公的海边公寓度周末和假期。外婆和外公不再住在那儿了，实际上他们已经把公寓交给我父母打理。即使玛蒂娜和一帮朋友住在公寓，妈妈仍对她充满同情（"可怜的孩子，必须一个人去

---

① 帕夏（pascià），土耳其高级官员的头衔，指养尊处优者。——译者注

吗"）。玛蒂娜十分向往那个地方，甚至用一个站不住脚的借口拒绝给罗莎姑奶奶公寓钥匙，说一定岁数的妇女不宜住有两段楼梯的房子。

简而言之，三年来，虽然二人存在年龄差异，但玛蒂娜显然从未错过母亲的任何演出，已经成了母亲的朋友之一。但是，我的确亲耳听到妈妈说"艺术家的年龄并不重要"。鉴于玛蒂娜学的是法律，并非戏剧表演艺术，她必须花工夫去了解妈妈在谈论哪位艺术家。

现在，我不希望人们认为我说这些话是因为我反感玛蒂娜。不希望这样。她是一个很好的女孩，再加上她对我一直很好，会送我礼物，叫我琪卡，让我想起了小时候遇见的帅气的芭蕾舞男演员。他来自一个完全令我震惊的国家，可以肯定的是，只要条件允许，我会去那儿逛逛（等我再长大些，更自由，更富有时）。只是玛蒂娜是妈妈的朋友，我不明白她毕业与我有什么关系。但此刻，我准备不做任何答复。我已经找到了帮我摆脱困境，提出比较激烈抗议的真正人选。

执行任务

我身负外交任务乘坐火车去往比萨。至少我清楚，这次的目的地我仅去过一次，也就是在去年，贝尔尼不听所有人劝，执意去比萨入读工程学院。

实际上，我的哥哥贝尔尼是个音乐迷，他还在房间里布置了一个排练室，他在那里弹奏自己的电吉他。他并没有把吉他挂起来，反而随身带去了比萨。在那里他决定挑战工程学这样一门困难而又相当艰苦的专业。令母亲感到失望的是贝尔尼并不想成为音乐家，母亲一直容忍他的坏脾气，就是看在他搞艺术的分上。而退休的外公瓦莱里奥毕业于军事工程专业，他确信自己的外孙最终将继承他的衣钵，而对他的两个子女略有不满（妈妈是一名社会科学专业的毕业生，而我舅舅洛里斯是一位编舞师和现代芭蕾舞演员）。

老实说，我怀疑贝尔尼想起了外公瓦莱里奥及军事工程学。据我所知，贝尔尼之所以学习工程是为了搬到澳大利亚，在那里他可以过着宇航员、冲浪者、吉他手、摇滚乐手的生活。他们说我很有想象力！

无论如何，星期天我无法与我的肖恩待在一起，却必须花两个小时坐火车去说服我疯狂的哥哥贝尔尼。因为，正如我想象的，母亲与贝尔尼之间有关玛蒂娜毕业的对话是这样的——

妈妈（重复已对我讲过的版本）："玛蒂娜要毕业了，真是太棒了！"

贝尔尼（简洁地说）："这对您来说是好消息。替我向玛蒂娜表示祝贺。"

妈妈（生气）："我希望你会自己对她说。你也来她的毕业典礼，我和玛蒂娜都很期待。"

贝尔尼（紧张）："对不起，妈妈，你从什么时候开始给我下起命令啦？"

妈妈（压低声调）："我没有命令你，我告诉过你，我很看重玛蒂娜的毕业典礼，玛蒂娜也是如此，你知道她喜欢你……"

贝尔尼（强烈地打断了妈妈）："嗯，不要以你的理解开始解释。玛蒂娜是你的朋友，我不认为她的毕业典礼与我有关。"

妈妈（发怒）："难道我们就永远指望不上你吗？"

贝尔尼（吃惊）："你这么安排我不同意。和我有什么关系？你认为我出席毕业典礼对玛蒂娜有那么重要吗？"

妈妈（悲伤地说）："你不知道吗？我们就像玛蒂娜的家人！她是外国人，远离家乡，她的父母无法来，因为玛蒂娜的一个外甥即将出生……总之，他们有事……"

贝尔尼（非常坚定）："你可以全力以赴地帮助她。但非常抱歉，我有必须做的事情。"

妈妈（生气）："我怀疑你随时可以拿学习当借口。"

贝尔尼（生气）："借口？我想提醒你，我下个月有两门考试。"

妈妈（满怀希望地说）："那又如何？离玛蒂娜的毕业还有两个月！"

贝尔尼（果断地说）:"抱歉,这件事我们没得谈。两个月后我要去柏林。"

妈妈（震惊）:"柏林?你在说什么?从哪儿又冒出来个柏林?"

贝尔尼（狡猾地说）:"妈妈?我听不到……我听不到你讲话……线路……"

在接下来的几天里,她一直无法与贝尔尼取得联系。因此,父亲说他本应该和贝尔尼谈谈,修补贝尔尼与母亲的嫌隙,但后来才知道父亲在此期间被瑜伽导师帕鲁吉和一系列麻烦事缠住,星期天,他决定和罗莎姑奶奶去格罗塞托,也就是帕鲁吉讲课的地方。简而言之,只能委托我采取外交行动,说服我的哥哥贝尔尼:

一是解释柏林事件;

二是参加玛蒂娜的毕业典礼。

当然,我没有透露几个月前听到了贝尔尼与母亲的整个对话,也没有透露我在罗比的窝里发现了无绳电话。我怀疑这条狗又有了另一种癖好——模仿我们打电话。

"妹妹!"贝尔尼高兴地大喊,在车站,我勉强认出了他。实际上,他留了山羊胡子。凭着山羊胡子和那短发,他很像一位军事工程师的样子。外公瓦莱里奥一定会非常欣赏他,不过他得能认出贝尔尼穿得随随便便的大学生制服:卡其色裤子、带有口袋的衬衫、棉夹克、斜挎的皮书包。

尽管他的手机显示"无法接通",但他还是回复了我的短信,我告诉他已经到了。贝尔尼很放松,乐意陪我在城里到处逛逛,就好像我是来旅游似的。

"你要知道我是带着任务来的。"我狡猾地提醒他。

"真伟大!你一个人坐火车来比萨。真厉害。"

"但你怎么能这样说话,我的哥哥?"我轻轻地责备他,"我不知道你为什么如此惊讶,我都已经十四岁了。"

"我知道,我知道。你不再是孩子了。"

午饭前,我必须告诉他不要像戏剧中的滑稽角色一样说话了。

贝尔尼决定不带我去他的所谓"巢穴"。如果我没记错的话,那是一栋现代楼房中的一间小公寓,在我看来并不糟糕。恰恰相反,公寓在一楼,有两间卧室和一间带开放式厨房和宽敞露台的客厅。当然,这个地方比贝尔尼在家他那总关着门的房间更大。我去他公寓时,看到它还有一个优点,就是没有什么家具,住客可以带上自己的东西,所以我认为那个公寓可以变得像童话一样。这就是我因不能去那里而感到失望的原因。

另外,这里并不那么热,在街道中漫步却不吸引我,即使我们在一个非常美丽的城市,而且贝尔尼问我是否要去看那座著名的比萨斜塔。

我决定让贝尔尼高兴,去奇迹广场。我们在草坪上漫步,一群游客围堵在建筑物周围,这些白色的建筑物就像一个巨大的恐龙的骨架。很多人在比萨斜塔前摆出支撑要倒塌的斜塔的诙谐姿势拍照。贝尔尼带我到了一家酒吧,我们在那里安静地闲谈,那也是个不到十一点半就已经挤满游客的餐馆。

"你真的要去柏林吗?"一落座,我就开口问道。

"我申请了伊拉斯谟项目①,所有人都知道。"他谨慎地回答。与此同时,他拦住了一个男服务生,并点了两个烤饼和两杯饮料。虽然才十二点半,我还是很饿。

"我不知道。显然,妈妈也不知道。"副词表示我在触及家庭关系这个痛点上有些不适,但是贝尔尼并未在意。的确,他耐心地对我解释:"妈妈当然知道,我最初想去西班牙,但又改了国家,因为我对西班牙语并不感兴趣,在柏林的航空物理课程更有意思。"

他太冷静了,我真不明白他和妈妈怎么就不能和睦相处。但我觉得他在和我耍小聪明,他谈到伊拉斯谟项目,我也不是个傻瓜——谁都知道大学的课程要持续六到八个月,从秋季开始上课。

"这个伊拉斯谟项目从6月开始吗?"我假装天真地问。

---

① 伊拉斯谟项目(L'Erasmus),欧洲大学的交换项目。——译者注

"不是……"他支吾,"但我想先去,提前准备,找好房子,安置东西,此外,我最好在6月而不到9月就搬离比萨的公寓。"

"对。"我赞成。

"你来柏林找我吗?"贝尔尼冲我微笑着问。

"或许吧!如果爸妈允许……"我以一种受害者的口吻回答。

"当然!我保证!"他大喊,手放在胸口,好像在发誓用身体保护我,尽管贝尔尼不是真正的保镖,但我很感动:我的哥哥真可爱!这是参观我从未见过的城市的绝妙机会。柏林!我的眼睛湿了,贝尔尼注意到了:"看,我发誓我会来接你,把你从家里解脱出来。你等着瞧,咱们会玩得特别开心!"

我已经幻想着和贝尔尼一起出发,去经历一次历险,突然内心有个声音提醒我首先要完成学业,我有我的爱人肖恩,我答应和他一起露营一周(参加一个组织的小组,否则我又得听父母那套根本就没得谈的唠叨)。哎呀!我来这里是有一个使命的。

"总之,你只能参加玛蒂娜的毕业典礼。"我恳求他。

贝尔尼耸了耸肩,说道:"嗯,我真的不这么认为。没有我,你们会更舒心。我会带着糟糕的心情去搞坏所有人的好事。"

我的哥哥多么聪明。"是的,但我没有选择的可能,我必须参加。"我沮丧地说。

"这就是年龄小的缺点……对不起,我是说未成年。"

"你至少可以来陪我。"我试图说服他,但是这次他给了我一个无可辩驳的理由:"听着,米娅。我的女朋友在柏林等我。"

我像电灯泡一样八卦道:"真的吗?是谁?你在哪里认识她的?这里?"

"嗯,是的,我在比萨认识了她,尽管她是学哲学的。"

"一位哲学家!"我欣喜若狂地打断他。与此同时,烤饼来了,我饿得开始大口吃我的那份。

"还不是哲学家。她还在学哲学,住在柏林,曾在意大利学了一个学期。"

"她长得怎么样?"我嘴里塞满吃的问。他给我看了手机屏幕,我睁大了眼睛。屏幕里是个棕发女孩的相片,笑容灿烂得就像朱莉娅·罗伯茨[①]一样。尽管不能从一张小小的照片评判很多,但我还是说"很漂亮"。

"非常漂亮。"贝尔尼温柔地说,在收起手机前,用手指触摸了下手机显示屏。

"抱歉,贝尔尼,但你为什么不告诉妈妈真相?"我问着,

[①] 朱莉娅·罗伯茨(Julia Roberts,1967—),出生于美国佐治亚州,美国影视演员、制片人。1986年在电影《血红》中第一次扮演角色,1990年凭借《风月俏佳人》走红,2001年以《永不妥协》获得第73届奥斯卡最佳女主角奖,2004年拍完《十二罗汉》淡出影坛,2007年获得第22届美国实验电影学会的终身成就奖。——译者注

同时吃光了剩下的烤饼。

"不可能。妈妈十分好奇,而且爱管闲事,我怕只要不把安德里娅介绍给她,她就不会善罢甘休……"

"安德里娅?这不是男性的名字吗?"我打断他。

"在德国,这是一个女性的名字,在意大利也有女士叫这个名字。但我拒绝提前和妈妈谈这个问题。请保守我们之间的秘密。"贝尔尼叮嘱我,我保证不会泄露任何消息。

另一方面,在去他的公寓后,我就必须投入很多想象力才能想好要对父母做的任务汇报。

参观学生公寓

之前我参观过的贝尔尼的公寓与他现在的"巢穴"之间的唯一共同点,就是仍在一幢现代化楼房的一层,刚好在"历史中心"外。除此之外,著名的宽敞露台变成了仓库,在那儿堆放着四五辆自行车、箱子、塑料椅和成堆的垃圾袋。进门时贝尔尼捡起一张纸条,匆匆看了一眼便立即搓成了球。

"那是什么?"我忍不住问。

"没什么,来自邻居的谩骂,他不喜欢看到露台上有东西。"

"也许他讨厌露台上的垃圾……"我随口说,但贝尔尼打断了我:"什么垃圾?啊,那些黑袋子吗?不是垃圾,袋子里面装有各种各样的东西，没有垃圾。"

实际上，也许屋里有垃圾，因为我一进屋就闻到一股有机垃圾和其他说不出名堂的气味。此外，虽然是下午两点，但房子就像在夜间一样笼罩在黑暗中。贝尔尼打开客厅的灯，提醒我在哪儿落脚。实际上，房间里到处都是箱子及零乱的各种物品，比如双肩包、电缆、鞋子、篮子、健身杠铃、揉成团的床单。除了桌子和椅子，没有其他家具。此外，椅子上堆满了书、袋子、其他电线、衣服、吹风机、搅拌器、台灯和各种垃圾。

另一个与之前空荡荡的公寓相同之处是顶棚上挂着一个没有灯罩的电灯泡，一眼望去，像是在一个大盒子上空的一个白色小气球。

"这是吊灯吗？"我问道，但立刻咬了一下舌头，因为这不关我的事。只不过我是一个利落的人，那堆东西令我困惑，就像走进了麦加商店，全部待售。

"是，我还没来得及装上。"贝尔尼耸了耸肩说。实际上，他只在这里住八个月！现在他决定去柏林，谁帮他整理呢？总之，他这次又有不收拾的理由了。

这时，从一扇门里出现了个"僵尸"：一个头发蓬乱，戴着眼镜，穿着白色T恤和运动裤的赤脚男孩。他打着哈欠向我们问道："现在几点了？"

"两点半。这是我妹妹，他是蒂齐亚诺。"

"你今天怎么样？"他不知所措地抓着胳膊肘问。

我礼貌地回答道："我很好，谢谢，你呢……"他无视我继续说道："有咖啡吗？还是我做？"

我瞥了一眼堆满脏盘子的水池和堆在厨房地上的脏锅。在这种情况下，只有魔术师才能煮咖啡。

"如果你想喝的话，我可以去酒吧买。"我建议。但他拦住了我："不用，我经常在两个芭蕾舞团做咖啡。"

而事实上，的确需要几个真正的芭蕾舞者把锅挪开，找一个可以暂时放锅的空容器（房间另一边的大纸盒），然后沿着房子绕圈找咖啡机。结果他在椅子上发现了它，再从水池下面拿出咖啡粉，最后在唯一的灶眼点上火，双手捧着脸筋疲力尽地坐在椅子上。

他低声地问："你是新房客吗？"

在和芭蕾舞演员谈话中途，贝尔尼去了他的房间，让我等会儿他。我想坐下，但椅子上堆满了衣服。看到我犹豫不决，蒂齐亚诺立刻领会，对我说："把衣服扔在地上，太脏了。"

我用屁股一顶，把衣服拱到了地板上，坦白地说，我讨厌碰别人的脏衣服。我承认自己过分讲究了。

"我是贝尔尼的妹妹。"我对那睡意尚浓的人重复说。

"你是做什么的？高中生吗？"

我点了点头。他兴致勃勃地问我："你也在比萨？上实验学校吗？"

"什么实验学校？"我问。

"如果你不知道什么是实验学校，说明你不在那儿上学。"他敏捷地推断。

"你知道？"我不满地问。贝尔尼不是很快就回来吗？

"大家都知道！"他大叫着，张开双臂，散发出一股难闻又未清洗的腋窝味。幸运的是，在那刻咖啡机开始发出咕噜咕噜的声音，咖啡的香气飘散到了房间。

"好吧，除了我以外的所有人。如果你告诉我，我就也是大多数人中的一员了。"

"嘿，太烫了！"蒂齐亚诺大叫，环顾四周寻找咖啡杯。我把桌旁大纸盒上的一个水果沙拉杯递给了他。

"啊，太感谢了，好心的仙女！"他高兴地说。蒂齐亚诺开口喝起了那杯热咖啡，然后对我说："你知道，我修教育学，正好在那所学校实习过。如果你想，我可以讲给你听。"

"或许吧。"

他不知道自己在跟谁说话，是和米娅记者！

谈及一所新学校

"你认为一所好学校应该是什么样的？"

好问题。蒂齐亚诺喝着那没有牛奶的苦味热咖啡，带着狡猾的微笑问我。最好缩紧肩，以自己的本能说话。我含糊其词地回答说："在我看来，除了某些必不可少的内容，一所学校应该教一些有用的东西……"

"有用的？例如呢？"他敦促我。但他不是应该告诉我吗？我不应该是那个提问的人吗？我叹了口气，烦死了："例如，学两门外语。"

"有点味道了，"他点头说，"你说一些有用的课程，是新闻学，还是社会学？"

我脸红了，因为他不知不觉竟然说中了我的兴趣，我得把话说在前面："这取决于这些课的上课方式。"

"的确，取决于上课方式。我让孩子们充分发挥他们的想象力，让他们用刺激性的文字表达自己，尤其带他们去了当代艺术展览会，我会从艺术方面做工作……"

"好棒！"我惊呼，"你跟我说的那个高中就是以这种方式上课的吗？"

"完全不是！"他笑着大叫道，喝下最后一口咖啡，从深色厚框眼镜的脏镜片后盯着我。我勉强看到他那两只明亮的眼睛。"和你想象的完全相反。"

"你不是说这是一所实验学校吗？"我问道，怀疑他在取笑我。

贝尔尼还没有从他房间里出来，我在这里成了一个爱开玩笑者的人质。他兴高采烈地继续说："但这正是这所高中坚持的。只是实验并不意味着创新。校长实际上将其诠释为保护与恢复传统而古老的方法，以重回坚定的道德原则教育！"说到最后一句，蒂齐亚诺甚至举起手，食指挥舞着指向天花板，慷慨陈词。然后，他的手突然落在桌子上，而我则慢慢地问："什么意思？"

"字面上的意思，小米娅。"

"不，听着，我叫米娅。"我皱着眉头说。

然后他开始抨击道："我的意思是，米娅，仅此而已：实验学校是一所非常古老的学校，学生们几乎整天都被关在光线昏暗的小教室里，每个人坐着木质小长凳，老师们坐在庄严的讲台上，甚至放了踏脚板，以便更好地俯视学生……"

这时，我打断了他："嗯，我不认为这和普通学校完全不同……"

他冲我抬了下下巴问："你也穿着黑罩衫吗？"

"什么？"

"罩衫，黑色的。"他清楚地说着，并伴以手势描述道，"女孩子从脖子到脚踝，而男孩子是从脖子到膝盖，长袖。胸前和右臂袖子上有手工刺绣的班级和学号数字。"

我张开嘴，大叫道："不可能！"

他用力点头,眨眼说:"这是可能的,另外,教授们还配有鞭子……"

"抱歉,配有什么?"

"弹性的棍子,像鞭子,你知道吗?如果有人说话,制造噪声,在没有被询问时说话……啪!打在胳膊、手、肩上。"蒂齐亚诺甚至站起来模仿挥鞭抽打。

我吓呆了,但我怀疑他讲述的这个令我震惊的故事是编的。我做出了一个不相信的表情,说:"得了吧,我明白。你在开玩笑,不可能有这样的学校,它会被禁止的。"

"被谁禁止?"他还站着,张开双臂,"你什么都不知道,米娅,仅此而已。"

"我应该知道什么?"我迷茫地问道。可以看出,这个睡意尚存的蒂齐亚诺感觉必须给我上一门人生课!

"一项新法律已经被通过了,要求学校重新审查教学计划,要求对学生的组织和评估工作更加严格。"

"是的,但这不等于老师会殴打学生或无情地让学生挂科。"

"但是像这样的某些学校,毫无疑问能够最严厉地开展教学,他们声称只有通过牺牲和苦难才能攻克的学习堡垒,还没有任何人提出抗议。这点就是新法律规定的。"

"也许吧。我猜想谁都不会去那所学校。"我反驳着,一直怀疑蒂齐亚诺在说谎。

"你错了,"他再次坐下说,"都人满为患了,他们不得不给报名的人按成绩进行排队。"

"我不信。"

"我也不信,但米娅,事实如此。"

关于这点,我有些恼怒地回答:"如果你不这么说,去掉我名字后的'事实如此',我就决定相信你是认真的。"

蒂齐亚诺举起双手说:"同意,你说得对。"

"好吧。我相信你。你说这所学校叫什么?"

我能清楚地看到他眼睛里的亮光,他严肃地对我说:"布永的戈弗雷高中。"

"布永的戈弗雷?第一次十字军东征的领袖?"

蒂齐亚诺笑着说:"是的!就是他!十字军!你明白这是一所什么样的学校了吧?"

"它听起来更像是座监狱而不是学校。"我回答。

蒂齐亚诺突然停止大笑,并思索着说:"你知道吗?你说对了!"

另外,我亲耳听到某些人甚至在电视上都说,那些倡议建立更好学校的年轻人应该被关进监狱。现在看来,他们成功了!

我返程的火车一转眼就到站了,我一路都忙着写我认为可能是独家的新闻稿。

谁对这些实验学校一无所知？特别是对这所学校？然而，根据蒂齐亚诺告诉我的消息，家长们争先恐后地为孩子报名：人们认为布永的高中颇有声望，恰恰因为它"意在"发扬学术传统。尽管坦率地说，我也不知道人们说的是哪种传统。爸爸有时向我讲述他学生时代的生活，当时他上的是勘测专科学校。爸爸详细讲述了与同学们的友谊、聚会，与管理员开玩笑及学校的其他事情，这显然在30年前非常流行，以至于每年都有一次这类事。我一直想知道，在所有世俗之中是否还有留给书籍的空间！而妈妈一直都很神秘，她跟我谈到了严厉的老师们、困难的科目，但从我找外婆、外公做周密调查后，我才知道妈妈根本不想读书，而且她转了三次学。

这个传统可能是祖父母时代的传统，也许应该询问一下外公瓦莱里奥。因为现在玛丽亚奶奶精神出现了问题，她年轻时还是个革命者，向我展示的照片里有在墙上挂着的横幅，连续多日在大学校园里的安营扎寨，还有坐在地上的人们[①]。既然所有这些事情都发生在半个世纪前，那么要恢复的十分严格的传统是什么？

哦，天哪，如果要打扰到布永的戈弗雷，那不就是要追求中世纪那套东西！但每个人都知道，当时除了国王和极少的僧侣

[①] 20世纪60年代末，意大利国内大兴工运学潮，学生要求教改，批判资产阶级教育体制等。——译者注

我想当个小记者

外，没有人学习。我需要在网上寻找一些资料，并核实蒂齐亚诺对我说过的话。

但与此同时，我开始在我随身携带的笔记本中写道：

> 新的学校法
>
> 布永的戈弗雷高中——深入调查时代、人物
>
> 传统（主要概念）、纪律、秩序、惩罚-虐待狂老师
>
> 校服，女孩要扎起头发，男孩的头发要剃得很短，禁止化妆和佩戴各种饰品，违者罚款；禁止有文身或耳鼻打孔的人报名
>
> 古典科目，记忆式学习，信息重复，不接受个人意见
>
> 个人学习，而不是团队活动
>
> 不鼓励友谊，促进竞争，奖励竞争获胜者

手机把我从对一所近乎专制学校的担忧中唤醒。我快速阅读了短信。

> 我在车站等你。

肖恩写给我的。

太高兴了！我开怀大笑着，把手机放在胸前并合上了笔记

本，因为今天我收获了许多。只是我的任务惨败，因为贝尔尼不会参加玛蒂娜的毕业典礼，而且我发誓不会透露他的德国女友……妈妈会活吞了我！幸运的是，在回家之前，我与肖恩至少有一个小时的时间在一起，回家后父母肯定得琢磨问题，就像人们说的鸡蛋里面挑骨头。

窗外一片漆黑，我只能看到自己的面影。离家一天，样子看起来不太好。我试着用梳子梳理头发，给坐在我旁边的男人一个抱怨的机会。"您可以在卫生间里梳头，把头发散开……"嗬，这个光头男人定是嫌头发麻烦！

我满怀欣喜地下了火车。他在那儿，肖恩在站台尽头。多么令人心动的场面！

"我有很多事要告诉你！"我愉快地说。

"我有很多吻给你。"肖恩许诺了，在我看来，这是个极好的提议。

我被事情缠上了

我的想法来自我要写的文章。我周一上午放学后急匆匆赶回家，用微波炉加热了两分钟后，迅速吃完了昨晚剩的千层面。然后，我埋头上网核实蒂齐亚诺讲述的事。

布永的戈弗雷高中门户网站并非我所预料的样子，没有号角声，没有飘动的十字军旗帜，也没有哥特式文字。这是一个十分简朴的网站，没有音乐，只有用三种语言撰写的简单介绍学校的文字和一些图片，因为在德国和英国都设有这样的学校，以至于成为欧洲范围的一个创新工程。

学校的图片展示了一个从大窗户透光的明亮的走廊，摆着单人桌椅和一个高雅讲台的整洁教室，实际上讲台摆放得更高一些，但并不像我哥哥的朋友描述的那么夸张。健身房设备齐全，食堂位于前修道院的旧餐厅内，餐桌上都铺着洁白的桌布，摆着瓷盘，就像在餐厅一样。

没有看到学生。可能是因为法律禁止发布未成年人的照片。在标题为"光荣榜"的部分，有一些成绩优秀的毕业生证件照：非常普通的面孔，或微笑，或表情严肃，就像身份证上的照片一样。

有一些教授的履历被公开刊登，并附有出版物、获奖和荣誉称号。没有照片，也许这些名人不想太张扬。我不知道为什么这些大人物要来高中教书，众所周知，教授们的收入很少。显然，在布永的戈弗雷高中，报酬与其他学校不同，以至于能够聘请杰出人物教课。

简而言之，这个网站让我对这所学校有了基本了解，尤其勾起了我的好奇心。我需要与在那里学习或曾经就读过的人交谈，以便形成更明确的概念。但是我该怎么做？没有地址，什么都没有，我只能假装自己是名对布永的戈弗雷高中感兴趣的学生，给秘书处发了一份邮件，想了解更多信息。

总之，我正在网上寻找其他信息时，妈妈给我发来短信：

十分钟后在客厅见。

她写的口气不容置辩。我想妈妈现在真的很生气。她不能来敲我的门吗？我可以假装没有看到短信或忘了它，但我告诉自己最好不要使情况变得更糟：我的父母正处于神经崩溃的边缘。

爸爸昨晚从格罗塞托回来，被玛丽亚奶奶和瑜伽导师的会面弄得筋疲力尽。我们几乎同时到家，妈妈焦急地等着我们。幸运的是，爸爸的任务比起我的占了上风，因为确实是个紧急情况。玛丽亚奶奶非常生气，因为父亲违背了她将所有财产赠送给瑜伽导师的意愿，还因为如果父亲不签署某种"捐赠"协议，瑜伽导师就断然拒绝接受捐赠。

"我相信你！那个男人不是傻瓜。他知道我们可以提起诉讼，他希望得到我们的许可！"

"听着，如果不是罗莎姑妈我就签字了。她大吵大闹了一顿，说要把瑜伽导师帕鲁吉和那帮流氓告上法庭。我不得不把她带走。"

妈妈睁大了眼睛问道："你妈妈呢？"

"她开始大喊大叫，说我不该听女巫的话，并且说如果上法院的话，她会告诉法官说罗莎姑妈在她家偷偷给人算命。"

爸爸说了几句后，妈妈皱起了眉头，示意我正洗耳恭听。

之后我忍不住说道："妈妈，姑奶奶的工作不是什么秘密。我从小就知道，也许是时候不再掩盖秘密了！"

我希望爸爸认为我说得有道理吗？可想而知！妈妈悲伤地回答道："亲爱的，你在说什么？在我们家没有秘密。爸爸和我会告诉你一切，我们希望你和贝尔尼不要把什么事情都自己憋着。明白吗？我们甚至都没有向你隐瞒玛丽亚奶奶的事……"

"当然。她穿成印度人的模样到这儿来啦。"

"无论如何，我和爸爸都会把一切事情告诉你和贝尔尼，我们不会在明天面对不愉快的事。"

这时，我憋不住了，大声说："最好考虑一下今天，而不是明天。你甚至都不关心贝尔尼的计划。不要再强迫他参加玛蒂娜的毕业典礼，你要尊重他去柏林和安德里娅在一起的选择！"

他们好像被雷劈了一样地盯着我。

我意识到我违背了对哥哥的诺言，我食言了。片刻寂静后，我们大家开始一起交谈，以至于一直躺在桌子底下的罗比从桌下走了出来，开始吠叫。我们花了一阵时间才让遭到噪声和犬吠声袭扰的客厅恢复平静。

我试图撤回我的话："不，抱歉，我什么都没说！"

"但米娅,亲爱的,你要明白。"妈妈慌乱地低声说,"如果你哥哥告诉了你他的事情,也许他是想间接地让我们知道,因为他自己害怕被批评……"妈妈呜咽地说道。

"好了,卡拉,不要悲伤。"爸爸将手臂放在妈妈肩上安抚道,"贝尔尼肯定会告诉我们的,只是他先告诉了妹妹。难道你和洛里斯不是这样?"

妈妈摇了摇头说道:"洛里斯那时比我小,是在另一个时代。我以为贝尔尼信任我和你!"

总而言之,一切的大惊小怪都是因为贝尔尼想为一个还没介绍给家人的女孩出国。昨夜就这样过去了,今天我还没见到妈妈,显而易见,这次以短信召集的会议是为了更好地了解我哥哥贝尔尼的情况。

但是,当我刚越过客厅的门槛时,就发现妈妈和玛蒂娜,以及一位火红短发的女士坐在一起,那位女士穿着镶着像是用粉笔画的白边的黑色连衣裙。

"米娅快来,我想向你介绍这位女士……"妈妈微笑着说道。幸运的是,昨晚死气沉沉的气氛在两名客人前消失殆尽。"要知道,这位是将要参加玛蒂娜毕业典礼的贝蒂·法利瑞博士。"

这里真的需要一个解释:"什么意思?"

贝蒂博士给了我一个灿烂的笑容,并向我解释说:"我负责接待毕业生和亲属、花艺摆设、茶饮地点……"玛蒂娜一脸帮凶的样子，挽着我继续说道："贝蒂是一个举办活动的专家。她会照顾好一切，消除我们的一切担忧。"

"但是抱歉，这和我有什么关系？"我勇敢地问。

"但是亲爱的！你的地位举足轻重，"贝蒂博士伸出手说道，"卡拉和我们说过你作为记者的非凡才能，虽然还是个新手。你将成为我们的新闻代理！"

"那是什么？"

"你将负责处理与媒体的关系，准备在报上发表的短文！"不知是什么博士的贝蒂大声说道。

"你不开心吗，米娅？"妈妈使了个眼色说。

"我不知一个毕业生能不能登上报纸。"我冷冷地说。但玛蒂娜欣喜地向我解释道："如今某些毕业生已经在报刊上登消息，好让亲戚、朋友、远方熟人以及更多的人都了解毕业典礼。你从没读过 *Qui* 或 *Dive Tutte*[①]吗？"

我摇了摇头，越来越困惑了。我想说的是那些并不是我想发表文章的报刊，但是玛蒂娜巧妙地先发制人道："所有记者都是从流行或八卦杂志起家的，你不认为这是一个机会吗？"

我不太信服地点了点头。玛蒂娜张开双臂抱紧我，仿佛要

---

① *Qui* 和 *Dive Tutte* 的意思分别是"这里"和"所有女星"，是杂志名称。——译者注

锁定这个协议。"太好了，我们可以一起工作！"同时贝蒂立刻插嘴说，"我想先从对人物的采访开始。然后我们把访谈发表在 *Dive Tutte* 上。他们经理是我的一个朋友，我们已经达成一致，把玛蒂娜作为一名成功的非欧盟公民加以介绍。"她伸出两手的食指和中指来表明那是加引号的称谓。

我无言以对。我从来没有这样想过玛蒂娜：对我来说，她只是一个来意大利学习的阿根廷女孩。这时，贝蒂对我们解释说："公众喜欢这种故事，喜欢那些从无到有、从底层获得成功的人……"妈妈使劲点头称道，认真听着贝蒂说话。

但我想说的是这不像是在称赞玛蒂娜，无论如何，她来自阿根廷的一个富裕家庭，家里甚至拥有一座矿。不过我知道有些人就像在轨道上奔跑的火车一样，无法改变，如果试图阻止其奔跑，就可能会被卷到车轮下。

如何获得成功

我不是想成为一名新闻记者吗？这不就如愿以偿啦！

我想并不是每个人都能够选择为哪家报刊撰写文章，尤其是对一名新手来说。工作就是工作，谁知道有多少篇文章都是为履行职责而写的，并不是为了娱乐或个人兴趣。至少在准备采访玛蒂娜时，我不断这样告诉自己。这也是肖恩在我向他讲述此事时对我说的话。

"让我们看到积极的一面,"肖恩热情地说道,"你会如愿,在另一本商业刊物上发表自己的文章,而且不仅涉及学校。"

"但换了你,你会愿意吗?"我问肖恩,手机在耳边发热,我们已经聊了半个小时。

也许肖恩的耳朵也备受煎熬,因为他打断了我说:"我不知道。但我不是重点,你去做就对了。"

"如果我后悔了呢?"我坚持问。

"你不会后悔的。你又不是给恐怖分子的报刊写文章!"

"你是怎么想的?"

"我不知道,我想我的大脑因为这通电话都变一团糨糊了。"他叹口气,声音嘶哑。

我爱死了他的低音炮,所以并没生气,反而痴迷地笑着承认说:"是啊,对不起,我也这样了。"

肖恩抱怨说:"我们直接见面谈才更明白。"

"但我不知道我们是否能面谈。"

"确实如此。"

我同玛蒂娜商定在我家见面,就在我们电话聊天时,贝蒂专门聘请的时尚摄影师拉里·卡西尼将使玛蒂娜永远被人记住。妈妈为此请了一个下午的假,打扮得漂漂亮亮的,好像她是被拍摄的那个人。另外,包括所有房间在内,家里也被收拾得焕然一新,因为说不准摄影师会拍摄一些更真实的照片,例如我父母的房间。

拉里·卡西尼从米兰乘火车出发,在得力的贝蒂的陪伴下,下午三点整到达我家。贝蒂去车站接了拉里,并带他去市里最好的餐厅享用午餐,好"让他心情愉悦"。也许当时奏效了,但当他跨进我家房门时,心情反而一点儿都不好,脾气相当暴躁、不友好,尽管天热,他也没有从脖子上摘下蓝围巾,甚至没有摘下帽子。

妈妈欣喜若狂,在门口表露出崇敬的神情,给他带路并说:"您请进,大师!"

那个讨厌的人嘟囔道:"什么大师……"

"我拜访了您精彩的网站。"妈妈像个陀螺团团转着,并且夸张地赞美说,"您凭借自己的才能拍摄了大量的名人……甚至包括麦当娜!她总是很漂亮,但是您拍得很特别。请允许我说,超凡脱俗!"

贝蒂补充说:"你说得真对,卡拉。拉里拍的照片超凡脱俗。"

此刻,他们来到了客厅,玛蒂娜热情地招待他们,抓住一切机会表现自己。

"这个女孩是谁?"拉里·卡西尼朝我的方向抬起下巴问道。

我抢在这三个女人之前回答,并不像她们那么拘谨:"我是采访人员。"回答是中性的。

"你不会太过年轻了些?"他皱着眉头说。

我想回答"只是因为你有点老了",但还是听着贝蒂在摄影师耳边低声耳语:"啊,显然是亲戚。要不有人负责写文章吗?皮科里尼也知道她是个孩子呀!"

皮科里尼是著名的*Dive Tutte*杂志的经理,据我所知,他不仅知道我十四岁,而且对此感到非常满意。精明的贝蒂实际上说服他将整个专栏做成"成功的女孩"——非欧盟的毕业生和上高中的采访者,所有青少年都可以对照并追求梦想!总之,我母亲非常钦佩她,这位贝蒂善于做好这些事情。她毕业于经济学专业,并且是市场营销专家,绝非偶然。我原先还以为她是一位设计师或是布景师!我时不时落入陈腐、老套的概念中:我以为经济学家会是身着灰色西装的严肃之人,而不是这位长着一头浅褐色头发和身着翠绿色连衣裙的女人。不知道是不是市场营销给人一种轻浮感。

当贝蒂和摄影师谈话时,我发现玛蒂娜,似乎经历了某种奇怪的蜕变。实际上,她突然露出灿烂的白色笑容,好像她戴了假牙一样。她不会真戴了吧?哦,我的天哪!眼睛!她的眼睛不是浅褐色的吗?为什么现在变成了吸血鬼的蓝绿色?

"对不起,玛蒂。"我轻声问,"你对牙齿做了些什么?"

她笑得更加灿烂，满意地说："你看到了？我把牙给漂白了！花了几个月的时间，但这值得，对吧？"

我张大嘴，也许我的这种惊人反应讨好了她，玛蒂娜继续说道："你再看眼睛怎么样？我戴了彩色隐形眼镜和假睫毛，所以照片看起来更性感！我为了充实颧骨还打了几针……"

我觉得我的嘴不可能张得再大，但确实如此，我甚至感觉下巴在下垂。

我重读了打算提问玛蒂娜的问题：毕业对您意味着什么？如果您从小就想成为一名生物学家，您在您的国家学了什么？您觉得大学怎么样？学习的课程是否极具挑战性？您打算在毕业后做什么项目吗？在我看来，对于似乎突然进入名流圈的玛蒂娜来说，这些问题似乎都太过严肃。因此，第一个（也是唯一一个）问题变成："成功一词对您意味着什么？"

在一些已经有足够倾向的人身上，没有什么比刺激虚荣更糟糕的了。玛蒂娜眨着她的假睫毛，含情脉脉地瞥了一眼镜头，在沙发上伸了个懒腰，满嘴胡话，大谈作为来自国外的美女的辛苦。因为大家都帮助了她，从我的奶奶开始，她甚至支付了玛蒂娜入学的注册费，最后是妈妈，为她全力以赴，但我怎么能驳斥她呢？她的话就像一股溢满的流水，时而表现牺牲精神，时而露出傲慢态度，还披露了要当一名老师和模特的计划。

"为什么要为一项事业而放弃另一项事业啊？"玛蒂娜以有

点好斗的口气说,"能禁止吗?有多少模特也是演员或者摄影师啊?好吧,我会证明,我能够既是老师,又是模特,智慧和美貌并存!"

谈话持续了整整半个小时,我忙着做笔记。没有办法问其他问题,也没办法在她自吹的时候打断她,她滔滔不绝地大讲其强大的坚韧和乐观,使自己被这个她"非常"喜欢的国家接受,还有意大利的美食、跑车、时尚,以及其他老生常谈的意大利强项。

"我要让人们知道我是哪种人,因为我脸皮厚。"她毫不畏惧地说,听起来极度狂妄,"我已经与一所非常重要的学校取得了联系。这是一所享有盛誉的高中,校长非常荣幸地接待了我。再说,与其他廉价的学位相比,我的生物学学位具有一定的分量,在这里我不列出它们是哪些专业,因为我们都明白……"

这次,我成功打断了她:"什么意思?请向我解释一下,这或许对我有用。"

"你说得对。一个女孩知道自己会遇见什么是一件好事。我说的是所谓的文学、传媒、教育学,更不用说社会学了,都算什么科学啊?还是别让人笑话了!"

总之,这位新生物学家将被真正的知识殿堂聘用,而不是什么郊区的掺水的中学或高中,像我上过的那种公立高中。我们雄心勃勃的玛蒂娜要去的是一所私立高中,能保证学生使用的是顶级设备，是一所成功的学校。

甚至不需要问这所学校叫什么名字，因为我觉得已经知道了。玛蒂娜证实了我的猜想后，我的后背一阵颤抖——那座知识的殿堂恰恰是布永的戈弗雷高中。

与布永高中取得联系

此时，的确需要访问这所学校并找一些学生交谈。我当然不能依据网站广告或他人的叙述；也不能依据刚收到的学院寄发的正式邮件，因为他们准备好了解答我对布永的戈弗雷高中的一切好奇。

我只需要说服玛蒂娜陪我去布永的戈弗雷高中，为了说服她，我选择同谋策略。我打电话给玛蒂娜并向她坦白，那天当她告诉我她将自明年9月起在一所私立高中工作时，我就非常希望能够参观那所学校，因为我听说布永的戈弗雷高中很好，我甚至想也许明年，当她成为该校的老师时去那里上学。

"别漏嘴给我的父母啊！"我叮嘱道，"你知道他们俩的想法：他们是公立学校的铁杆支持者。"

"众所周知，最好的学校是私立学校，卡拉这样固执真是太奇怪了。"玛蒂娜说，"别担心，我什么都不会说，你的愿望合情合理。"

"谢谢你,朋友。那参观学校呢?"

"我看看我能做什么。"她含糊地说。

"我真的很想去,"我坚持着,然后奉承地说,"也许我可以追随你的脚步。"

"你知道我和你妈妈是很好的朋友。"玛蒂娜开始推挡,但又补充道,"不过你很聪明,已经明白了正确的方向。我会尽力帮你。"

我想好两天后再联系玛蒂娜,但在两天到期之前,我接到了她的电话。

"你知道你很幸运吗?德·乔治校长叫我办理一些手续。我们商定在星期五上午办。可你必须逃学。"

"太棒了!"我欢呼,尽管良知让我立刻后悔——我从来没有辜负过父母的信任而无故缺过一天课。但这是不可抗力!所以,星期五早上,我没有去学校上课,而是乘坐公共汽车,在我和玛蒂娜约好的塔努奇广场下车。一小时后,玛蒂娜开着一辆装着大轮子的大型汽车,那种跑巴黎—达喀尔[①]的越野车到达。

玛蒂娜满意地问:"你喜欢我的新车吗?"

---

① 巴黎—达喀尔(Parigi-Dakar),巴黎—达喀尔拉力赛,是一场每年举办一次的专业越野拉力赛,参赛车辆均为真正的越野车。——译者注

"震惊!"我说道,"你不是有一辆菲亚特500①吗?"

"没错,但我把它卖了才买的这辆车,它更适合我的新生活。贝蒂建议我这样做,如果你想让别人羡慕、嫉妒你,就需要炫耀自己。"

"有趣的理念。"我持怀疑态度,但玛蒂娜不顾限速规定,已经四挡起步了。

与之前的火车之旅相比,我们很快就到了比萨。途中,玛蒂娜只是开心地大声聊天,声音之大盖过了音量调到最大的音乐。她和我谈到了她为毕业典礼那天买了衣服和鞋子,预约了一家著名的沙龙做发型,毕业前要享受放松的按摩,以及将要在茶话会上分发给亲友的糖果盒。然后,玛蒂娜让我从她包里拿出一个小盒,打开它:里面是一沓最新印制的名片,上面的烫金字写着"玛蒂娜·玛吉拉·加塞特博士,教师和时装模特"。接着是电话号码、电子邮件地址,还有贝蒂聘请的一家计算机平面设计社仍在建设中的全新网址。

"你把一切都想到了!"我赞叹不已。

"真的吗?但是如果没有贝蒂,我什么也做不了,那位女士很有主见,你无法想象她的人脉有多广!她熟知一切。告诉你吧,布隆高中也是她的倡议,校长是她的朋友,我相信,他们曾

---

① 菲亚特500(Flat 500),早期菲亚特出品的甲壳虫式汽车。——译者注

在米兰一起上过学。"

"是布永高中。"我礼貌地纠正道。

"你说什么？"

"布永的戈弗雷，他是一位中世纪的领袖。"我解释道。但是玛蒂娜并没有认真听，她扬起大墨镜后的眉毛问道："哦，是吗？我以为是'恶棍'的加大版——'大恶棍'①。"

"你最好别和校长说这话。"我平淡地建议。

我们大约十一点半到达学校。建筑物被高墙铁门围着，摄像头监控着电动门。玛蒂娜把她的汽车停在了供货商轻型货车的那片停车区里，但发生了一个小小的误会：停车管理员认为我们坐的是美国军车，因为正好这几天要进行一次反恐演习。

看到玛蒂娜穿着火红色紧身连衣裙，戴着大大的墨镜，脚踩令人目眩的高跟鞋下来，停车管理员吃了一惊。但是他立刻缓过神来，大喊："喂，不，小姐，您得把车挪一下，停到别的地方！"

"这怎么可以？"玛蒂娜大喊道，"那不是您的工作吗？接着！"说着就把车钥匙交给了他。

"做梦都不行！"那家伙说完就吹了声口哨。不一会儿，来了两名高大壮实的保安，向玛蒂娜示意，让她离开停车场，但玛

---

① 布永的校名是Buglione，这个阿根廷女孩以为是Bullone，按照意大利名词词尾变化规律，就是大的Bullo（恶棍）。——译者注

蒂娜，在这里我不得不承认她是个厚脸皮，已经拿出手机给校长打电话。

此时，一位穿着无可挑剔的制服的看门人从楼里走出来，就像一个管家，面带微笑，平息了误会。玛蒂娜把钥匙给了他，昂首挺胸地朝大门走去，希望隐身的我紧跟着她。

进了大门，另一位看起来像酒店经理的学校工作人员要求我们在大厅等待其他客人。目前，这个地方看起来像私人诊所、国家机关、大使馆、大型办公室，唯独不像学校。根本听不到孩子们的声音。

最后，我们沿着走廊（我在照片中看到的那条走廊）被护送到了校长室。就在那一刻，下课铃响了，所有的门都打开了。学校终于有了些活气儿，传来低声细语，证明了学生的存在，一些学生从门里蜂拥而出。总体看来，这一场景令人震惊。身着黑色罩衫的男女孩子们像巨大的蟑螂一样在走廊徘徊，低声细语，一些人好奇地瞥了我几眼，但几乎所有人都小心翼翼地低着头。

"到午休的时候了。"酒店经理似的工作人员对我们说。

我看了一眼手表，正好十二点。吃午饭还有些早，显然我们的确与这个世界格格不入。"抱歉，我得去趟洗手间。"我说着，迅速消失在右边狭窄的走廊，在那里我看到了卫生间的标志，发现里面人满为患。

"你快点。"玛蒂娜叮嘱着我，在那阵混乱杂声中听起来几乎像是喇叭声。

终于只剩我一个人了！终于远离那些奇怪的眼神了。

就像所有学校一样，卫生间里挤满了人，但特别之处是氛围更加轻松。他们并没有哈哈大笑或大声聊天。许多人始终保持沉默，闭口不言，没有人敢问我穿着便服在里面干什么。

"你好，"我在所有耷拉着脸的学生面前略带紧张地微笑说，"我是来这里参观的，我们可以聊聊吗……"

没人回答，几个女孩甚至公然转身背对着我。

"我不想打扰你们，显然到了午餐时间……有些早，我很好奇，你们什么时候上课？"

一个女孩低声回答："布告栏上有时间表。"

"哦，好的。感谢您提供的信息。"我继续说，"我想我似乎看到过，你们从八点开始上课，对吗？"

"七点。"另一个女孩纠正我。

我点点头："啊，是的，当然，我太蠢了，十二点正是休息的好时机……"

她平淡地告诉我："午饭时间是十二点半。"

"好吧，所以我占用了你们五分钟的时间……"我自信地说。

"我们没有时间。"另一个女孩打断了我，她又高又胖，面带威胁，"如果你想聊天，那就哪儿来的回哪儿去。"

"但我很喜欢这所学校,真的!我想对这所学校知道得更多,这怎么了?"

"谁送你来的?"我后面传来男性的声音。我转过身,发现一个剃光头的男人正狠狠地瞪着我问话。

"没人,怎么了?我和一个朋友一起来的,她明年就在这里工作。"

"你叫什么名字?"

我决定选择用我正式的名字:"玛丽亚·维罗妮卡·玛尔塔莉娅蒂。"

"部长的亲戚吗?"那个胖胖的女孩问道。

"不是。"

"报名上学前,没人来这里聊天。"那个光头男人继续说,"我认为你是间谍。"

我笑得嗓子都哑了:"太可笑了!我有什么理由要当间谍……"

所有人都转身背对着我,卫生间顷刻就变得几乎空无一人,"蟑螂们"去吃饭了。

我叹了口气,屈从于事实,从她们口中一无所获,就好像她们属于一个秘密教派。谁知道他们有没有像僧侣一样默默地许愿发誓了些什么。

只是在我离开卫生间之前,我似乎听到一个轻微的声音说:"嘿……对不起……"

我转过身，隐约看到女厕所拐角处有一个单薄的人影。走近一看，发现是个男孩，他有着一头漂亮的金发，戴着一副薄镜片眼镜，两只惊恐的眼睛一闪一闪的。那家伙把食指放在嘴里，然后，他迅速冲洗了一个池子，打开水龙头并按下烘干机的按钮。这时，他示意我朝他侧身。

"到处都是监听器。"他在我耳边小声说。

我若有所思地点点头。

"还有监控，但监控拍不到角落，我试过，"他说，"我没有太多时间，必须和其他人一起下去，不然就要受到惩罚。"

"我给你我的电子邮件和手机号码。"

我准备写给他，但他阻止了我："直接说出来，我记得住。我会尽快联系你。"他说着，同时再次按下烘干机按钮制造出噪声，"你真的是间谍吗？"

我透露说："是记者。"

虽然我没有笑，他却容光焕发："我就知道！这就是我希望的。"

"这所学校让我特别害怕。"我评论说。

"你什么都不知道。人们必须了解事实。"他激动地讲。

"你为什么来布永的戈弗雷高中？"我好奇地问。

"我爸妈逼我来，准确说，是我的继父和母亲——他们说需要一所学校来矫正我。"

"什么玩意儿。"我摇了摇头。烘干机已经停止工作,男孩准备偷偷溜走,但在他出去之前,我问他:"你叫什么名字?"

"朱利安。"

第二天,我发现了一封他发来的电子邮件,是凌晨两点写的,落款是J。

我偷偷藏了一个平板电脑,是姐姐送的礼物,学校禁止使用手机和笔记本电脑。至于邮件,我已悄悄连上了校长的设备,没有人会注意到我。我马上给你写学校的一些事情。我想校长已经带你参观了整个学校,向你展示了设备齐全的教室和与大学一样的两人间宿舍,当初我也是这样看过的。

学校向家长解释说他们的方法是传统的,并要求家长在一张纸上签字,委托学校进行全部教育,停止一切干预。如果所有的家长都像我父母一样,我怀疑的确如此,他们很乐意甩掉我们。学校的规则很严格:早上六点起床,吃早餐;上午七点开始上课;中午十二点半吃午饭;下午继续上课,训练;下午五点下课,开会,唱歌;晚上七点吃晚饭,监视学生们的娱乐活动,要求看电影,最晚十点半回寝室。学生们没有任何个人空间,纪律严明,一切都被禁止。任何非常小的违反纪律行为都会受到惩罚。惩罚是可怕的。学校禁止参观。从早到晚,我们要做的就是学习和训练。

这些电影都是由教员委员会仔细审查过的。学校图书馆的书允许出借。如果你能把斯蒂芬·金①的小说《死光》（*IT*）②以压缩的形式发给我，你就帮了我的大忙。我必须下线了！

J

我被吓到了，立即尽力寻找《死光》并发给我这位勇敢的朋友！

解释一些事情

多亏了从朱利安那里获得的信息，我几乎整个周末都扑在我的文章上，他还给了我一些有关布永的戈弗雷高中的信息。星期六下午，我抽出时间和肖恩出去，向他讲述我在布永高中令人难以置信的访问之旅，与朱利安的会面以及即将发表的文章。

"这看起来像是一项调查，"肖恩若有所思地说，"是件

---

① 斯蒂芬·金（Stephen King，1947—　），美国作家，编写过剧本，写过专栏评论，曾担任电影导演、制片人及演员，代表作品有《肖申克的救赎》等。——译者注

② 《死光》（*IT*），一部著名的恐怖小说，作者是美国的斯蒂芬·金。全书共分为五个部分，分别是《小镇阴霾》《虎口脱险》《成人》《"失败者"俱乐部》《除魔仪式》。——译者注

大事。"

"真的吗？实际上，我已经开始拥有这么多材料，以至于我的文章将会很长。"

"你没有和安迪讲吗？"

"实际上还没有。我需要和她说这些事情吗？"我有些不快地讲。

肖恩摸着我的后颈，手指穿过我的头发："她为什么会讨厌你呢？你手上有一个非常热门的故事，安迪只会感到高兴。"

我想主要是肖恩放在脖子上的手指引起的颤抖让我感到轻松。当天晚上，我打电话给安迪，但她是在震耳欲聋的噪声中回答的我，似乎是在聚会上。第二天早上，她的手机关机了，也许聚会一直持续到深夜。安迪真有福，可以深夜归家。在我家，禁止晚上超过十一点回家，只有星期六，与熟人在熟悉的地方可以超过十一点回家。唯一的例外是在父亲和母亲的陪伴下，去同学、朋友家中参加派对，但不得超过午夜回家。严禁喝酒。我对布永的戈弗雷高中感到惊讶！

至于那所学校的"囚徒"朱利安，我十分同情他。如果他们发现朱利安给我传送消息，可能会用中世纪的方式给他上木枷，或者处以火刑。这不是开玩笑，只要想到我的"线人"正在冒险，我就胆战心惊。这可能就是我整天疯狂地撰写文章的原因，直到午餐时间，我到客厅，家人们都在，但气氛并不欢乐——我的父母拉着脸，十分阴沉。

"这是怎么了？"我懒洋洋地坐在沙发上问。

"你的哥哥贝尔尼很快就到了，我们很荣幸，他从比萨来看望我们。"妈妈收起她心不在焉翻阅的杂志，双臂交叉地盯着我。啊，我感觉争吵一触即发。

"当然，你们两个很难对付。"妈妈以受害者的样子说。

"和我有什么关系？"

"当然有关。我刚和想要邀你共进晚餐的同学的妈妈通过电话，看来你星期五没去学校，你知道吗？"妈妈冷冷地发问，我羞红了脸。

"是的，的确，星期五我没去学校。"我赶快承认了。

爸爸摘下眼镜，两根手指紧捏鼻梁。同时，妈妈问我："为什么？你为什么不立即告诉我呢？"

我试图解释玛蒂娜邀请我参观她明年要去任教的那所高中，并且我甚至打算写一篇文章……

妈妈打断我，叹气道："你就不能告诉我吗？有必要耍花招吗？"

爸爸附和道："你知道这是错误的态度吗？"

"等等，爸爸，我从来没有逃学过！这是第一次……"

"也是最后一次。"爸爸预告似的结束对话。他脸色阴沉，这并不常见。我很懊恼让爸爸失望了。

他皱着眉头，甚至有点夸张地对我说："你并没有意识到自己闯祸了。"我简直自找麻烦！

"玛蒂娜让我惊讶！"妈妈说着，"让你这样做，没有告诉我……她是怎么了？"

这时爸爸对妈妈说："玛蒂娜变化太大了。"他似乎想借此机会发表自己至今闭口不谈的看法。"你没看到玛蒂娜多趾高气扬吗？就凭着这么个本科学位，想要当什么模特……杂乱肤浅的想法。"

"或许玛蒂娜太敏感了。"妈妈坚持道，但很快又回到我身上，"你打算什么时候告诉我们？"

"我不知道，今天……"我喃喃自语。

爸爸哼了一声："或者永远不说，好自信啊。"

"不是的，对不起，爸爸！"我坚决地回答，"我错了，你们是对的，但如果我告诉你们我想做的调查，也许你们会陪我一起，但这反而画蛇添足。"

我意识到自己讲话毫无章法，爸爸再次叹气说："但这不是借口，你还太年轻，无法自行决定。时间会证明一切。"之后，他起身去厨房。"我去准备开胃酒，另一个马上到了。"他在说我的哥哥贝尔尼。哇，爸爸得有多生气！

同时，妈妈过来握着我的手。"爸爸是对的，你必须保证永远不会再偷偷做事。"之后，妈妈又补充说，"最好停止和玛蒂娜来往，我也有错，怪我把你推得太高了。"

幸好贝尔尼到了，他们结束了对我的考问。像往常一样，贝尔尼很晚才到，我们正坐在桌子旁准备开饭。一切进展顺利，氛围立刻活跃了起来，父母在切入话题前有些搪塞。实际上，当吃到饭后甜点时，我们都很开心，妈妈决定进入话题："我们很高兴你决定去国外学习一年，这非常重要，这会帮你确定今后的方向……"

爸爸像要发球似的抬起头，继续说："这是个明智决定，我们支持你，柏林是一个有无限机遇的城市……"

到一定时候，贝尔尼忍不住问："你们两个怎么了？"

他们两人交换了一下眼神："没什么，我们能怎么样？"

"这是怎么了！"贝尔尼大叫，"你们就像在鸡蛋上走路那么谨小慎微。"

他们再次互换眼神，然后妈妈开始说："对不起，但我们不知道该怎样表现，你没有什么要告诉我们的吗？"

"比如？"他顿时沉下脸来。

爸爸开口讲："如果你能告诉我们你的计划，我们就不再小心谨慎了。每次我们张嘴的时候，都觉得过于干预。你设身处地为我们想想，我们岂止是在鸡蛋上走啊，是小心翼翼地在雷区走。"

贝尔尼犹豫了一下，然后承认："好吧。也许我有点唐突，但是我有自己的生活，你们得知道这点，尤其是你，妈妈。"

我等着妈妈发火，但是她却沮丧地说："我似乎没有那么令人讨厌，我没有问过你常与谁往来或做什么……"

"当然要求你不要浪费时间。"爸爸附和说。

"这合情合理。"贝尔尼表示赞同。

"你不要把我们当成外人，甚至是敌人！"妈妈声音颤抖地说。

贝尔尼似乎有些困惑："当然不会……你们在想什么？"

在这点上，父亲果断地问："除了学习之外，你还有其他非去柏林不可的原因吗？一个……人？"

此时贝尔尼似乎明白了："啊，你们都知道了！米娅说的。"

爸爸令人信服地为我辩护："为什么？米娅要隐瞒什么？"

"没什么，我今天告诉你们，有一个女孩正在柏林等我。"

妈妈深吸一口气，说："贝尔尼，说实话吧。爸爸和我都是开放的人，你是我们的儿子，我们爱你，并且完全信任你。"

贝尔尼张着嘴听着妈妈说，然后回过神来问："对不起，妈妈，什么意思？"

"你说一个女孩在等你……你可以对我们坦白。"

贝尔尼皱着眉头，坚持说："这是唱的哪出？你怎么……"然后，他突然想到："哦，见鬼，我明白了！安德里娅！"

妈妈和爸爸又一次互换眼神，而贝尔尼则大笑起来："那个恶作剧的米娅！"

"这和米娅有什么关系？有什么可笑的？"爸爸问他。

"真是傻瓜，你们都上当了！"贝尔尼笑着说，"安德里娅是个女孩，这是个女性名字。你们还以为我是同性恋！"

妈妈窘迫地站起来问："有人想要水果吗？"然后消失在厨房里，爸爸紧跟着也去了厨房。

贝尔尼盯着我："真可怜，你吓到他们了。"

就这么简单？他们还没有读我的系列文章。

夜间，我收到了来自布永学校的其他信息。朱利安疯了。他凌晨一点给我发了一封邮件，两点又一封，三点又发了一封。我一大早检查电脑时，看到一封接一封的电子邮件。

朱利安的第三封邮件这样匆忙地收尾：

我想得到解放！！！

勇敢些，朱利安！报纸也是为此而存在的。

实现人生中的第一次真正调查

我不相信新闻工作者这一职业使人沉浸在一个故事中！我

花了整整两天的时间整理朱利安发来的信息，并完成一系列访谈录。在校长陪同下参观学校时，我在笔记本上记下了一些事，是我在与玛蒂娜的交谈中获得的。但是最后，为了完成调查，我想我会询问两个看法截然相反之人的意见。所以我像往常一样采访了特隆贝蒂教授，她对我这个她称之为"档案"的新工作非常感兴趣。

然后我想询问一位支持学校的家长。这并不容易，因为我认识的大多数成年人（相当）善解人意，对这个像军事学院一样训练他们孩子的地方感到恐惧。但是最后，我想起了我父亲银行的一位经理，他把孩子称为"一次性抵押"。这也许就是他让儿子去年加入外籍军团的原因。如果他想到了布永学校，就没有必要去那么远的地方。

简而言之，这是我的首次调查。

未来学校之旅

米娅·玛尔塔莉娅蒂的调查

如何定义一所学校是好学校呢？当然是从教师、教学计划、教学内容、编制、设施等方面。但首先我们要尝试就"优质"或教育质量达成一致。这种优质是不是指学校创新、与当前社会对话以及发明一种新理解方式的能力，或指承认传统的严格的补课框架，维护和保持等级制度，或指最好积极参与或严格筛选，批评教育与信息获取是否同等还是更加重要？或者指还是纪律最重要？我们的调查涉及一些惊人消息，关乎一个秘密实验机构，一所自称培养未来领导阶级的典范的私立学校。它厌恶任何参与、批评、理解和互助的想法。它在比萨，是由位于福萨班达的圣十字多明我会修女修道院改造成的最新的实验学校之一，即布永的戈弗雷高中。直到19世纪，该建筑物一直是一个宗教场所，后来被转给了市政当局，建成了一家酒店。最近，由一家私人基金会未来时光（la Futuro Ora）收购。这家基金会与一家对房地产和保险业感兴趣的大公司，即未来股份公司有联系。未来股份公司的众多目标中，培养"未来的领导阶级"显然是当务之急，正如学校在介绍手册中指出的，以1095年领导第一次十字军东征的著名领袖命名该校，就是希望以"十字军"精神来突显特色，以这种精神向青年人传述一种"道德正直"和"回归文明根源"。

教育的组织依据三个基本概念：传统、服从、荣誉。军事学院，必须隔绝五彩缤纷、精彩刺激的外部世界。

学生被迫穿着全校统一的校服——一件遮住身形的黑色罩衫。禁止男孩留长发，禁止女孩披肩散发。绝对禁止佩戴耳环、耳鼻穿孔和文身，禁止穿运动鞋。还禁止看青年人喜欢的电影，或者恐怖类电影；可以观看有关动物世界、太空探索、自然科学的纪录片以及关于领袖或圣人的历史影片。当然，禁止一切揭露的、政治的或民间社会的文学。推荐阅读经典小说或成功人物传记。这样的学校难道不是与社会脱节吗？从大多数学生都是十分富裕家庭的子女来判断，似乎并不这样。

校长解释说："社会竞争是事实，用宽松的教育来诱骗年轻人，让他们相信一切都会被允许，都随手可得，一旦他们离开不那么严格的学校，就不可避免地会遇到巨大困难。"

更不用说那些"年轻人必须准备好不遗余力、最大限度付出"的公司了，一位最近聘请的老师热情地补充道。她20多岁刚刚毕业，认为教育必须回归到严格的状态，不能迁就无精打采和有危险倾向的青少年，因为"他们无所事事"。有人想知道在一所把一切安排得明明白白的学校中，美术和音乐课程的作用是什么。在布永的戈弗雷高中，有戏剧工作坊，在那儿学习、上演古典作品，尤其是悲剧；音乐是古典的，禁止使用电子及各种科技乐器。

至于诗歌、形象艺术和小说，很明显，这些表现形式将成为那些以后组成我国冷静、精细、好斗和公正的领导阶层的人的爱好和消遣。

相反意见

采访特隆贝蒂教授

您是否认为学校应该再严格一点？

我不明白你的意思。在我看来，学校必须是一个受欢迎和充满谅解的地方。学校必须知道如何与家庭沟通。学校应努力理解和重视社会和文化差异,而不是提出一种单一、僵化和筛选的模式。

您如何看待新的传统实验学校?

这是一种怀旧行动,无法反映不断变化的世界。他们消极地认为孩子是一群无知者、白痴,使用一些我听过的某些教育工作官员的措辞当作武器挥舞。这些所谓的现代化学校是克制的场所,或多或少,是疯狂的工厂。

您会在这样的学校任教吗?

不会,去那儿还不如当酒吧服务员。

支持

采访一位家长

您如何看待保证最大限度严格管理的新实验学校?

是开设新实验学校的时候了!孩子们在学校什么都没学到,只是早上去那儿暖板凳!

您在哪所学校上学?

一所理科高中。我在那儿学习。不像现在……

抱歉打断您,请问对您来说,melius abundare quam deficere(宁多勿少)?

我不明白。

您没有学过拉丁语吗?

当然学过。但二十五年过去了,谁还记得?

当初的学校严格吗?……

非常严格。

你们穿罩衫吗?

当然不,我们穿其他的!无论如何我永远都不会穿它,那是女人的东西。

教授惩罚、侮辱你们吗?

我们在开玩笑吗?羞辱我吗?会发生混乱吗?

顺便说一句,您知道为什么说"1848年会发生"吗?1848年发生了什么?

听着,孩子,你只当开玩笑就好,但现在我没时间浪费了。

谁知道知名记者在调查时是否也会碰到我的遭遇。也就是说,一直在工作、写作,无法顾及其他事情。也许你认为自己做得很好,做了自己应做的,似乎最终取得了不错的成绩,但其他人的反应难以预料。

简而言之,我完全不知道自己的调查会引起一系列的争执。我的朋友安迪、编辑部的朋友、我的男友肖恩,对我的工作印象深刻,他们决定充分利用这次调查,这对我来说就够了。我幸福至极:两个专页!有一些专家写的关于不同教育形式及其与国外相比较的照片和文章。但是，一经在网上发布，编辑部就收到了大量的邮件、观点和证据。此外，甚至还有两封来自著名作家和电影导演的来信。爆炸性独家新闻！

还不只如此。由于口口相传，网络杂志成了一个小案例，我的故事出现在一家全国性报纸的网站上，这家报纸展开了更准确的调查。数十所学校、政客、校长、教师，最重要的是，经营一切的房地产公司最终都成了众矢之的。我从来没有想过会因为我那微不足道的蝴蝶翅膀的一个扇动而引起了如此风暴。我还没有亲身体验过信息的巨大力量！

在这件事中，我承认有点头脑膨胀。

我觉得两个星期以来大家都在谈论我，我发现自己成了焦点人物。发现自己极为自负，看到我的名字如此醒目使我膨胀；再加上在课堂上我变成了某种明星，同学们事事都问我的意见，就好像我现在成了一个大专家。

"对不起，米娅，他们真的要取消英语课吗？你知道不会再有历史课了吗？取消教科书？"

甚至教授都来询问："你没听说过老师的退休年龄吗？"

我花了大量时间和朋友、同学、远方亲戚通话，接受他们的恭维祝贺。我甚至收到出版商的提议，撰写我自己的传记！这太美妙了：14岁的我开始讲述自己的生活。

得知这一消息，我极为激动，立即打电话给肖恩，但他非但并不替我高兴,反而对我非常冷淡。

"恭喜。"他平淡地说。

"你似乎并不为我感到高兴。"我因受到这瓢冷水而争辩。

"也许我有些厌倦对你的所有事情都感兴趣,我不知道你有没有意识到我们没有谈论其他任何事情。"

天哪,那是愤怒的语气。我不想往坏处想,但……肖恩不会嫉妒吗?

"不是这样的……"我说道。但他立刻阻止了我:"我想你甚至没有注意到我们几天没见面了,因为你没空。"

"我们星期六见过面啊……"我尽力为自己辩护,但我很清楚他是对的。此外,最近几天我几乎没有给他发短信,因为我完全被朱利安的故事吸引,我日夜给他发电子邮件和短信,担心他会发生不好的事情。如果他们发现他是间谍,谁知道那些狂热分子会对他做些什么。当然,我不能向肖恩坦白说我在朱利安身上花了很多时间。因此,正当我犹豫时,肖恩回答:"是的。上周六。今天是星期五。"

"好吧,我知道……哦,天哪!"我终于明白了,尖叫起来,"昨天!!!"

是的,昨天是我们非常特别的一天!我已经在日记本的日历上做了标记,我几乎幻想了一个月,然后……天哪!我完全将这天抛到脑后,因为我的朋友朱利安的苦难结束了,他想和他的家人一起来感谢我。他的父亲和继母去布永的戈弗雷学校接他,带他到佩鲁贾和他们一起生活,朱利安将在佩鲁贾一所公立学校就读,上萨克斯课。

那是个非常特殊的场合,我怎么能缺席?两位家长感激不尽,到学校把我接走。我们一起,还有我的妈妈在外面共进午餐。妈妈比我还能吹嘘我未来的信息世界。事情真多,于是午餐后妈妈决定送我礼物,带我去了市中心,爸爸也赶去那里,因为他想庆祝我和他的成功:他似乎说服了玛丽亚奶奶不再把房子馈赠给帕鲁吉,不再去印度,而是与朋友比西还有罗莎姑奶奶一起去伊斯基亚[①],她们在泪水中和解了。

我知道,这些都是无法辩解的愚蠢借口,不足以解释这个事实:我忘记了和肖恩在一起的一周年纪念日!

我试图补救,但众所周知,在这种情况下,任何话都会让事情变得更糟。肖恩肯定最不想听到我的话:"来吧,我们明天一起庆祝。"

"算了。"他冷冷地说,"我想你还有更重要的事情要做。"

"不,你在说什么?"我嘟哝道。肖恩说话越来越刻薄:"对了,和朱利安午餐进行得如何?"

"好吧,就是说,事情正像你想的那样,和家长们在一起,

---

① 伊斯基亚(Ischia),即意大利的伊斯基亚岛,以葡萄酒著称,气候温和,多温泉。——译者注

你明白的……"

"甚至是一件很官方的事。"他用一种非常敌对的口吻评论道。

我试着开玩笑:"你说得对。他的父亲是交警指挥官!啊哈哈哈……"但笑声逐渐消失,因为电话另一端一片寂静。

"喂,肖恩?"我问他,怕掉线了。我听到了肖恩的叹气声,说我们明天不能见面。

"为什么?你要做什么?"我多疑地问道。

"没什么,和我的一个朋友去兜风。"

"哪个朋友?"好吧,现在是我提问的时候。显然他把朋友排在我前面!

"尼可。你的讯问结束了吗?"

"抱歉,但我们什么时候庆祝?"这次我不满地问。

"再看吧。反正有时间,不是吗?你还得写自己的传记。"

多糟糕的回答!然后我结结巴巴地说:"什么传记?我没什么可说的,我是一个很普通的女孩……"

他总是以那种讨厌的语气打断我:"我对此表示怀疑,但我没有恶意。"

"你没有恶意,但语气真的很令人讨厌,你知道吗?我简直认为你嫉妒我的成功。"

又是一片寂静,甚至听不到电话的嗡嗡声。肖恩继续说:"我很遗憾,你把我想得如此糟糕。显然,我们并不了解彼此。"

"唉,不是。"我忍不住脱口而出,但马上就后悔了。

因此,在结束时,肖恩和我说最好暂时不见面,"彼此想清楚"。我发愣地盯着电话,因为我真的不想写没有肖恩的传记。

爱的烦恼

制订计划

谁说过爱情和战争一样,都是逃跑的一方获胜?如果我能见到肖恩,我发誓会为他搞个派对,他太愚蠢、太绅士、太善良。

同时,爱情和战争不可相提并论:一个是情感,一个是形势。而且在爱情里,没有输赢,人不是战利品。

但我在这儿挖空心思都毫无意义。我可以无休止地自言自语,得到的只能是越来越绝望。

肖恩决定去伦敦,他怎么想的?

如果他要我和他一起去伦敦,那就太好了。但他告诉我学业结束后会立刻走,那我三天受尽折磨"想清楚"有什么用啊,只有我的朋友珍妮陪我。肖恩周六跟他的朋友尼可一起去湖边划独木舟,整个周末都和他一起度过,而不是和我一起,把我从绝望中解救出来!

星期一,肖恩在学校躲着我,他回复短信说他有大量的作业要做,作业多得甚至堆成了山!我应该相信吗?此外,他还给我发了一封电子邮件,写着学业结束后,他会即刻出发去伦敦,因为他需要"脱离"及"反思"。

可怕!和谁脱离关系?和我吗?反思什么?作为作家的他,有可能在爱情问题上写陈词滥调吗?我有些愤怒地回复了邮件,指出我对他使用的陈词滥调感到非常失望。我补充说,在我看来,他似乎找了大量借口不与我见面,这不像是他的作为。

因此,他简单地回答:"就举止而言,你也不再是我认识的米娅。你变了,你没有意识到这点,你甚至都不承认自己错了。"

总之,肖恩在找碴!我没有回复他,而是决定去问安迪,因为她是肖恩最好的朋友。显然要小心谨慎,首先要问问多得堆成山的作业。"看来年底你们有许多事情要忙……"

安迪把所有老师骂了个遍:"他们在最后时刻下定决心,尤其是数学、历史和化学教授。"

"那之前呢?"

又一轮谩骂:"他们把责任归咎于学校组织的郊游、读书节和各种长假。舒服!"

"你必须咬紧牙关。"我理解地说。"肖恩……他似乎和他的一个朋友一起学习……"我漫不经心地说。

"哦，是吗？我知道他最近闭门不出。昨晚我们都在硬石咖啡厅喝开胃酒，但他没来。你知道吗？他是一个地道的书呆子。"

我同意，为我爱人的自律感到骄傲。然后问题来了："也许他自己出去了……"

"他的确在家里，我打过电话。怎么，你不知道吗？"

在这一点上，我懊悔地叹气："我们有些争议……"

"你们吵架了？我并不惊讶，我们压力太大了，我整天骂骂咧咧的，会把气出在别人身上。"

"真的吗？"

我感觉一股幸福感接踵而来。当然！肖恩自上学起压力就很大，这就是他远离我的原因。他不想把他的问题扔给我，他已经告诉我很多次了。

"为什么不呢？拜托，你知道肖恩是什么样的人，他对自己要求很高。别管他了，你知道他讨厌那些粘在他身上给他惹麻烦的人。"

如果你一时分心，他会勃然大怒，我想。和安迪在一起我变粗俗了。

幸运的是，电话因戏剧性的提示音匆匆挂断："对不起，必须结束通话了，我们有两个任务，还有小组提问，我们所有人都

我想当个小记者

被选中了。"

我非常想问:"什么意思?"但是我没有这样做。最好在谷歌上输入"precettare",然后弄清其含义。难道二年级B班全班都被征召了吗?我的意思是,我们一年级的学生已经呼吸着假期的空气,我们得被所有人纠缠刁难,要知道读书的头几年最难。

但我们已经在放松了,多亏了特隆贝蒂教授,她决定在这周通过阅读精选曲目、工作坊提议的片段和后续活动,如音乐、戏剧、摄影、观鸟、英语课……来推动长假组织。

等等!教授说了什么?这不完全适合我摆脱绝境吗?英国的一门语言课程,去寄宿学校或英国人家……这就是我想做的!我必须说服我的父母,我绝对需要通过伦敦的强化班来改善我可怜的英语。当然,如果不是孤身一人就更好了:如果我宣布和朋友一起去伦敦游学的神圣打算,他们会更好说话。至少对我担忧的父母来说,两个女孩不会给人以孤独猎物的印象。

我所要做的就是说服唯一一个能成为米娅"找回肖恩"任务的共犯。

我的同伙搪塞犹豫

完美的共犯应该共享计划,而并非自己慷慨激昂地讲述,起码要有一种开放的合作精神。至少我是这样想的。

但我的同伙表现得犹豫不前，尽管她没有反对。老实地说，在我看来，与其说是共犯，倒不如说她已经是一名破坏者。

"去伦敦？干吗呀？"在我慷慨激昂陈述了我的建议后，她打了个哈欠问道。

我很生气："什么干吗呀？我正在跟你谈一个首都、一座完美的城市，我们去那儿学习英语、消遣娱乐。"

"可能吧。"

她眼神呆滞，身体像蛇一样在床上伸展。对蛇灌输某种激情是一项不可能的任务，但我尝试了。

"拜托！你想啊，戏剧之都！艺术、音乐、时尚……"

"是的，塔桥和大笨钟（伊丽莎白塔），"蛇闭着眼睛又打了个哈欠，"我不想听广告插播。"

在这一点上，她亟须澄清。

我猛拍胯问："珍妮弗！你怎么了？"

蛇半闭眼睛："你大喊什么？而且你好久都没叫我珍妮弗了。你知道我一点都不喜欢这个称呼。"

"我想试一下你的反应。所以，你怎么了？"

"没什么。我不想去伦敦。那儿太热了！"实际上，6月初，这儿就已经很闷热。珍妮的房间里至少35摄氏度，尽管桌子上的风扇开到最大挡嗡嗡作响。

我试图说服珍妮："这儿很热，我们在伦敦会好起来的。"

但她叹气:"我觉得很难。"

当然,说服珍妮需要极大的耐心。所以我试着窥探:"你不是想环游世界,参观所有首都吗?更确切地说,去马德里、巴黎、纽约生活几个月……"

"嗯……"她不快地哼唧,"这不需要即刻完成,还有时间,也许明年吧。"

"或者永远不会。"我坐下,心灰意冷,"如果你不帮我,我就完了。"

"太夸张了!"至少珍妮已经转过身来看着我,"你打算去伦敦干什么?跟踪肖恩?即使你真的这样做了,你想得到什么?如果肖恩决定甩了你,一切毫无意义。你看我和乔。"

"这不是一回事,"我争论说,"你们两个甚至还没有在一起。"

"我们在一起了两天。"珍妮生气地回答。

"我明白了,但肖恩和我已经在一起一年了!"

"已经庆祝过一周年了?我怎么不知道这件事?"她好奇地问,胳膊肘撑着床,用手托着下巴仰起头来。

"没有庆祝,这就是重点。我们没有庆祝一周年,因为那天我跟朱利安和他的父母共进午餐,然后妈妈……"我又开始说了一堆借口,以至于珍妮背信弃义地打断我:"肖恩做出了正确的选择。"

"你可真是朋友！"我忍不住挖苦道。

"我当然是，所以我才告诉你我的想法。再说，你并不看好乔和我交往。"

"所以，咱们听听，你有什么可埋怨我吗？"

珍妮说："时不时地，你会受利己主义的影响。"

我怒不可遏，一跃而起。如果我听了那种火爆的语言，我会脱下高跟鞋，从这个满是儿童玩具和玩偶的房间出去，这间屋子看起来就像糖果盒。重点是这个智力衰退、头脑简单、骄傲自大的女孩还想教训我！

我快要炸了——那个从未面对有血有肉的男孩，只是梦到过白马王子的人，有什么资格这样说！但我没有说话。因为头脑简单、爱幻想甚至有些懦弱的人都是绝对正确的。于是我瘫倒在椅子上，叹了口气："都是我的错！"

但爱哭的珍妮，站起来并张开双臂向我扑来："抱歉，米娅！我不想伤害你！都过去了。"

"但过去的事是我的错，我破坏了友谊，我破坏了我们的关系。"我悲伤地说。

她同情地抱着我："不是，我们都有些以自我为中心。"

在这点上，珍妮说得完全在理。看看她床上的字就足以说明：珍妮最好。

我悲伤地说："你是对的，我必须放弃去英国的想法。即使我已经做了详细计划，但自己一个人玩不尽兴，还是算了。"

这时，珍妮好奇地问："什么计划？"

"没什么……精彩的音乐剧，互联网上有预告片，令人叹为观止的表演！"

"或许在意大利也有。"珍妮回答。

"意大利没有。你知道这些节目怎么样，但在伦敦是另一回事。然后参观著名的天文馆，我甚至预订了门票，给你一个惊喜，但现在……"

"不，等等，什么天文馆？"

"拜托，众所周知，伦敦天文馆最吸引人。"

"就像巴黎的天文馆一样，我小时候和父母一起去过那儿……"她试图为自己辩护，但我继续说："哦，也许吧，但是和父母一起是一回事，自己去是另一回事……然后，不，我不和你说了，我们已经决定不去了。"

"等等，拜托你告诉我！"珍妮甚至双手合十恳求我。

"约翰尼·德普的新电影似乎在欧洲圣诞节时首映，我看还有票。"

珍妮张着嘴："你发誓！"

"'加勒比海盗系列'的最新电影首映。据说约翰尼会亲自去现场。"

"你为什么不早告诉我？我们必须去伦敦！"珍妮突然精力

充沛地跳起来。

我提醒她:"首先,我们必须说服父母。"但她已经从衣柜里拿出一个紫红色的手推行李箱。

"去伦敦会需要很多东西吗?"

准备工作如火如荼

我认为说服父母是最大的障碍,但最大的阻碍却另有其事,最好循序渐进。

在我宣布去伦敦游学后,爸爸和妈妈表现出父母那种可预见的焦虑:他们的女儿,也就是我,表达了一个非常崇高的愿望(学习,去国外学习),他们对此感到惊讶甚至满意。当然,这种反应伴随着对旅行、距离以及对一个十四岁的孩子来说通常发生的不确定"危险"的担忧。这种忧虑开启了对我的审问,我已做好了准备。这有点像审讯,如果你不想场面寂静或语无伦次,就必须保持冷静。但是我很紧张,因为实际上对于爸爸妈妈来说也许我永远是个婴儿。

"你是怎么产生这个想法的?"如我所料,妈妈开始了。

我胸有成竹地回答:"我在学校读了一本小册子。我考虑过,也和珍妮谈过,在互联网查询了这些项目……我还在学校问了周围一些参加过培训的学姐学长。"

妈妈点头表示理解，但她又隐约伤心地问："为什么不立刻告诉我们，为什么要自己调查？"

在我回答前，爸爸插嘴说："好了，卡拉，给米娅些信任，她现在正在告诉我们，也许之前她想确定自己想要什么。"

"是的。"我重申，对父亲的意外帮助感到欣喜若狂。

"抱歉，罗伯特，我并不是不信任米娅，只是这个消息像从天而降，我已经制订了计划，我不认为伦敦是一个适合十四岁女孩去的地方，那儿太混乱、太复杂……"

当然，我知道这点：灯红酒绿的大都市！

爸爸立刻回到妈妈的波长："妈妈是对的。一个较小的城镇会不会更好，比如牛津？或者遍地羊群的康沃尔郡的一个美丽村庄？在那儿最大的风险不过就是从失控的小马身上摔下来。"

我皱着眉头。每当我们谈论任何话题时，我的父母都会带着专家的表情。倒是要看看，他们两个甚至都说不出"What's your name（注：英语，你叫什么名字）？"，现在甚至要拿自己一无所知的英国学校刺激我发怒。

我深吸一口气，决定玩这个游戏。

"我更想去伦敦，那样更方便，因为珍妮的姑姑在伦敦，她可以招待我们，我们也可以节省旅馆费用。"

爸爸妈妈若有所思。"啊，姑姑！你为什么不早点说呢？"父亲大呼，而母亲则始终处于防御状态："姑姑？珍妮的妈妈还是爸爸的妹妹？结婚了吗？她在伦敦做什么？"

"她是银行顾问。"我只回答了最后一个问题，我知道这将消除所有疑虑。在银行工作的姑姑是个保证。

简而言之，在与珍妮的父母互通电话，再跟课程组织者通完电话后，我得到了初步赞同，还要在拜访珍妮父母后得到确认。

但是到目前为止，这是正常的官方程序。

更麻烦的是同那个一周以来一直拒绝和我约会的人谈话，他连国家元首也不见。你的男朋友绝对不会是这种态度吧，真是见鬼。即使是作家肖恩·汉密尔顿也不行。

我的姑奶奶总是引用的那句格言怎么说来着？以非常手段对付非常情况。即使她经常在"非常情况"中失误，这话也许更适合我的情况："非常情况"如我的短信。

我必须见你。非常紧急。

米娅，别开玩笑。有什么紧急的？

过了一会儿，他如此回复我。

我没有开玩笑，晚上六点在硬石咖啡厅等你。

我暗示他,但肖恩正如预料的那样,重新提出:

我更喜欢帕皮尼冰激凌店:那儿较为安静。晚上六点见。

但如果如此简单的话,为什么我之前没有想到呢?为什么这些天一直犹豫不决?

我欢快地在房间里跳来跳去,然后看了眼手表:我只有三个小时的准备时间!我打开衣柜和抽屉,寻找合适的衣服。这是一次至关重要的见面,我不能出错。因此,我便开始在镜子前穿着各种衣服走秀:牛仔裤、短裤、裙子、夏季连衣裙、低胸T恤、背心、紧身裤,但每次结果都不尽如人意。我不能穿得太艳丽,也不能太普通,我该怎样梳头发?

我决定用牡丹香水沐浴,铃兰香波洗头:这两种香味不会冲突。然后,我决定从高跟鞋开始,从那儿获得启发穿一件红色上衣。

裙子还是裤子?最后,我选择了休闲的牛仔裙。这似乎很疯狂,但已经五点了,我还没有化妆,也许睫毛膏涂太多了,最好在眼睛上涂一点眼线和粉红色唇彩。无须太夸张,我不想他认为我为这次见面做过精心准备!

我六点准时到达冰激凌店,肖恩已经在那儿等我了,穿着白色翻领T恤衫、牛仔裤和蓝色软底运动鞋,真是太完美了。我首先想到的是他从来没有如此帅气。然后让我恼火的是没有我的肖恩穿着一件简单的翻领T恤衫还是这么帅气。但他一用陶醉的眼神对我微笑,我就怒气全消了,甚至冒着激动得有让睫毛膏褪掉的风险。

可以从远处看到,他喜欢我!事实上,肖恩对我说:"我不记得你这么漂亮,没有我你会更漂亮吗?"

那种苦涩使我们无法拥抱彼此,或是碍于帕皮尼太太在场,事实是我们仍然像鳕鱼一样站着彼此微笑。我喃喃道歉,与此同时我从腋窝下取出手提包,将手伸进去,拿出纸巾,转向壁镜。肖恩选择这个清静配有壁镜的地方是正确的,这在危急时刻非常有用。实际上,尽我一切努力,由于妈妈这该死的睫毛膏,我有变成熊猫的危险,显然这不是防水的睫毛膏!

"这是怎么了?"肖恩关心地问我,"你的眼睛受伤了吗?"

"没什么,也许是灰尘……骑自行车时……"我喃喃地说着,同时用手指捏住睫毛,并期望自己不会因为任何原因而流泪。绝对不要流泪。

肖恩仍然处于守势。我知道,他没有以检查我眼睛发红为借口,用手摸我的脸。他似乎非常谨慎地避免触碰我,只是通过镜子反射看着我,双手放在口袋里。最后,我们坐下,我叹了口气,肖恩已经在埋头看冰激凌单。

我不得不点一个我不喜欢的杯子,另外,为了分散注意力或因为绝望,我选择了一个看起来像中国枝形吊灯,插着小伞和彩色羽饰的冰激凌杯。

"如果我打扰你了,抱歉。"我开始对肖恩明显的冷漠感到沮丧。

"没有,我很高兴见到你。"顷刻,他的目光亮了起来,手指不断在桌子上敲击。

哦,天哪,噩梦!人们就这样分手吗?但我不想失去肖恩!我做了什么?我要告诉他吗?或许事情会更糟糕。目前还没有人说"离开",我最好不要第一个说。

"我也很开心。"

我的声音有些颤抖,我感觉到鼻子发酸。哦,不,米娅!你说过不哭。你想给世界上最可爱的男孩留下不可磨灭的一只悲伤熊猫的记忆吗?所以我深吸一口气。

"你在叹什么气?"肖恩问。

"我怎么了?这是长时间后见到你的效果……"我突然发作,准备向他表达我的爱意,把心捧在手上,我想我不会有任何困难,我心跳得厉害。

但肖恩打断了我:"我想说,影响已经产生了。"天哪,肖恩多冷漠、多烦人!"但尽管我如此糟糕,你不能用这种方式应付我。"

我张着嘴,大吃一惊:"这么糟糕?但你什么都没告诉我!"

"你太投入了，连一声叹气都没注意到！"

肖恩是不是被惹毛了？可是到目前为止他还没有表现出愤怒。但肖恩在气什么？

"听着，肖恩。我发誓，我不明白你为什么这么生气。我想我没跟你说过什么……"

我从未说过不恰当的话！这时他凝视着我，脱口而出："是啊。你什么都没告诉我，你让我看起来像个傻瓜。"

"但你否认了。独木舟、堆积如山的作业……"我嘟哝着。肖恩愤怒地一口气反驳："当然，在你看来这是我的错。我一定要继续大受打击吗？谁忘了我们在一起一年了？不，让我说完。只要你不再跟我说清楚，我们见面就毫无意义。另外，离我启程还有一个星期，我不想毁了自己的这些天。"

"可我……你……什么解释？"我眨着眼睛，试图挣扎。但我准备了一套很好的说辞，特别是关于一周年纪念日的缺席！

我的口吃和粘上的睫毛膏令他很恼火。"对不起，你以为呢？我一看到你就会拜倒在你脚下吗？我还注意到你穿了超短裙！你认为我真的是个白痴吗？"

我无话可说，但我信守诺言：绝不流泪，即使不是很光荣，也要逃跑。因此，我突然站了起来，冰激凌杯摇摇晃晃，插在冰激凌上的那把小雨伞掉了下来。

"我想是你让我看起来像个白痴！你的想法很糟糕。如果我打扰了你，我很抱歉，等你有空的时候再见。"我踩着高跟鞋扭头离开，让他为那些荒唐的冰激凌杯买单。

在我看过的所有浪漫电影中，甚至在电视连续剧中，当一个女孩离开时，至少男孩会追她，或呼唤她，抓住她的手腕，而女孩却愤怒地大骂："放开我！"

这些都没有发生在我身上。我昂首挺胸，怒气冲冲地走在街上，走到自行车旁，急忙开锁，竖着耳朵听背后的动静。什么都没有。

我骑着自行车，蹬踏板。我的他没有给我打电话，没有在后面追我，没有抓住我，迫使我转身让自己包裹在热情的怀抱中。

现实多么令人讨厌，我想睫毛膏已经把我的脸弄脏了。

开启爱的复苏任务

"那么，姑娘们，这就是你们的房间。"南茜带路。房间非常简单，两张单人床，中间一个床头柜将它们分开，一个白色衣柜，全都是宜家[①]家具。

"厕所在这儿。"南茜继续说着，打开小黑屋的灯，隐约看到马桶，"这是卫生间。"她介绍着，打开了一间带淋浴和洗手

[①] 宜家（IKEA）家居是来自瑞典的全球知名家具和家居产品零售商，系列产品在功能和风格上可谓种类繁多。——译者注

池房间的门,这是几个房间中最漂亮的,蓝白相间的瓷砖铺到墙壁的一半高,其余的则是天蓝色的,天花板上还有不少白云图案。

"哇哦,"珍妮惊叹,她已经决定至少在感叹时融入英式精神,"真的太漂亮了!"

"真的吗?"南茜用一口略带英音的古怪意大利语问,"这不是我的功劳。这房子我买下之前是一位艺术家的。浴室和厨房非常个性化,其余部分是我自己收拾的。"

其余包括南茜睡觉的一间小型双人间、客厅和另一个在公寓底层的厕所。尽管这个公寓有两层,但面积极小。实际上,我们挤在走廊里,下楼去参观著名的厨房。这个小房间是由储藏间改造的,厨房天花板中央粉刷的橘黄色太阳,亮色逐渐向四周扩展为亮黄色。此外,家具都是木质的,下面涂着绿漆,上面绘有花和叶子的图案,让人感觉如同进入花园一般!

"太酷了!"珍妮惊呼,南茜满意地向我们展示了瓷器、黄色盘子和绿色餐具,简而言之,所有东西都与厨房色调相谐调。

"你们想想,我买房时看到这里的一切都如此精美,是不是很幸运?"

我们激动地点头。也是我们的幸运!

回想起珍妮母亲对她小姑子的描述相当令人不安:"安农齐亚塔单身,一切以事业为中心。"所以,我以为她就像广告里的女经理一样,是一个身着黑色西装,脚踩令人眩晕的尖头高跟鞋的魔女。

但珍妮的姑姑穿着柔顺的连衣裙和平底鞋,一头卷发,戴着长柄眼镜和各种彩色线绳的手镯。此外,她不喜欢叫她安农齐亚塔,而是喜欢南茜这个名字。她还把南茜写在门铃和散落在客厅桌子的名片上。桌子上还摆放着许多其他物品,有点像我哥哥贝尔尼在比萨的房子的风格。

珍妮有好几年没见到她的姑姑了,她们之间的会面很奇怪。姑姑在候机楼出口处等着我们,她站在一小群人中间,有的孩子骑着大人的脖子,有的手里拿着写着要接的人的人名牌子。珍妮朝姑姑走去,打招呼:"你好,姑姑!"

"啊呀,是你吗?"姑姑张大嘴,紧盯着珍妮然后抱住她说,"幸亏你认出了我!我可认不出你来啦。你已经长大了,亲爱的。"然后她又看了珍妮一眼:"你和照片不像,还是我没有记住照片?我记得你个头更小、更胖些,留着短发。"

"我不清楚,姑姑,但你一点儿都没变,我的意思是你还是那么漂亮。"珍妮说,不得不承认,珍妮很会与人打交道(男孩除外,那是另一回事)。

"听到自己的侄女这样说,我很开心。"姑姑回答。坦白说,也许姑姑不是典型的封面美女——而珍妮和我比她整整高10厘米,以至于我们像保镖一样走在她旁边。我想说的是,在珍妮妈妈给我们看的照片中,她梳着乌黑发亮的长卷发,现在头发却被剪短了，梳着马尾辫，使她看起来更严肃、古板。总之，有点接近我想象中的魔女。

对于一个职业女性来说，事实就是如此。否则，南茜不会买这套公寓，尽管面积很小，但它位于一个非常时髦的地区，所以正如姑姑说的，这套公寓让她付出了"一条胳膊一条腿"（指一大笔钱）。我们意大利人则更夸张地说："一只眼。"①否则南茜不会从早八点到晚六点一直在办公室工作，有时如果她和同事们一起去喝酒就甚至到晚七点。结果，我和珍妮实际上在家总是无拘无束，而面对父母的叮嘱，南茜曾对他们保证过："她们会一直与我共进晚餐，我会尽可能带她们去剧院。"

我们一到伦敦，南茜就给了我们两张公交卡和伦敦市地铁交通图。"你们放心，"她说，"伦敦市中心非常安全，交通便利，而且很有意思。"

"如果我们迷路了怎么办？"珍妮担忧地问。

"我保证，你们不会迷路。而且你有手机，除非坠入泰晤士河②，否则请不要给我打电话。在这种情况下，给我打电话完全

---

① 外国人对花了一大笔钱的表达方式有别，英国人说是"一条胳膊一条腿"，意大利则是"头上的一只眼"，都有忍痛割肉的意思。——译者注

② 泰晤士河（Il Tamigi），英格兰西南部河流，为英国著名的母亲河，横贯英国首都伦敦与沿河的十多座城市。——译者注

没用。"

"我们的爸妈对伦敦有些恐惧……"我试图澄清。

"关于什么？伦敦是一个非常文明的城市，在一些小地方才会发生骇人的事，例如我小时候的村庄！"

"哪个村庄？爸爸形容为天堂的那个吗？"珍妮震惊地问。

"我的哥哥是一个富于幻想的人……"南茜简短地说，"就像所有健忘的人一样。"

简而言之，从第一天起，南茜七点三十分准时在厨房迎接我们，一起吃早餐。我们发现她穿着黑T恤、黑裤子和黑色平底鞋，头发扎成辫子，戴着金耳环。她喝完咖啡，在穿上轻便的雨衣前，背起挎包，朝我们挥手祝愿说："祝你们有美好的一天，姑娘们！"

妈妈认为南茜是一位非常温柔的姑姑，她会在家拿着刚烤好的苹果派等我们，会为我们安排下午去大英博物馆或塔桥。

但相反，米娅和珍妮要独自征服伦敦并完成重要任务，它的英式说法是：爱的复苏。

成为外派记者

在谈论我的任务前，最好先倒退几步，回到我出发去伦敦之前。

我沮丧地打电话给阿曼达，问她我在伦敦何处能找到肖恩：我当然不能随意去一个拥有一千一百万居民的大都市！我发现安迪情绪低落（但我怀疑她经常这样郁郁寡欢，很少对人嫣然一笑）。

"总之，你走吧。"她突然对我说。

"我告诉过你，没什么好笑的，一个学习的假期，你会明白的。"我在打悲情牌。

"总比困在这儿好。"安迪回答，"我甚至不知道我8月能否离得开。应该和我一起去希腊的朋友们一直在搪塞我……"说到这儿，安迪冒出了一句脏话，我认为骂朋友"杂种"不可爱。

谁知道她给我起的绰号是什么呀，我心想。但我立刻停止想这个问题，以免忘掉给她打电话的动机。

"很遗憾。那你为什么不也来伦敦？"我难以置信地问。我无法想象安迪跟我和珍妮在一起，所以用了个反问句，在这种情况下，可以预知答案是否定的。但我又补充道："你、我和肖恩，我们可以在伦敦重逢。"

"作为提议，我不以为然。"安迪简明扼要地回答，"我不喜欢伦敦，那儿很冷。我喜欢热天。伦敦是冬天的地方。"

"非常感谢，"我想说，"但我现在要去伦敦，天气对我来说是次要问题。"

与此同时，安迪继续提出了一个关键问题："如果我掺和了你的事,对不起,可肖恩知道你也要去伦敦吗?他什么都没告诉我。"

不幸的是,我没想到安迪会切入正题,所以我打算随机应变:"不,这是……这就是我给你打电话的原因……如果他给你打电话,请不要告诉他。"

"谁听他的电话呀?我的意思是,我怀疑你就是从那儿给我打电话的,做贼心虚。如果他给你打电话,你就用英语回答!哈哈哈!"安迪突然开玩笑说,但我想顺从她。安迪似乎很紧张,我无意与她或其他任何人吵架。确实,从与肖恩的那次伤心碰面回来之后,我就私下里发誓,永远不会再与任何人争吵。

"听着,安迪,我正要告诉你,肖恩很难打电话给我,因为我们吵架了。"

"哦。"

"我再和你多说些,肖恩决定去英国也是因为想要远离我。"

"一段反思期。"安迪补充道,吐字清晰,仿佛这些词十分沉重。众所周知,这句话总是意味着"尝试分手",甚至是"结束的委婉表示"。

我不安地问:"不!你说什么?没有必要去那么远的地方反思……"

"但有所帮助。"安迪邪恶地坚持道,"那你做什么,追着他吗?"

我感觉突然被真理之箭射中了。"没有,你怎么会这样想呢?"我脸红地问。幸亏我打的不是视频对话。"都是巧合!"

"当然。我想你好几个月前就定好了。"

"显而易见。"

"但你从来没有告诉过肖恩,你们从未想过一起去伦敦!"

她干吗?这么聪明!她在取笑我吗?至此,她已经把我逼到了墙角,逼我问她:"抱歉,安迪,你不相信我吗?"

"一点也不。"安迪斩钉截铁地回答。

"嗯……好吧……事实上……"我结结巴巴,但安迪总结道:"简而言之,你在后面追着他跑。"

"有点。"我不得不承认。我意识到自己在出汗,手机发热,我的耳朵尤为发烫。

"我们都放过自己。"安迪宽慰道,"至少肖恩值得。"

"肖恩什么都没和你说吗?我是说,有关我们,嗯,我们的争吵?"我问安迪,怀疑她知道的比她想暗示的还多得多。

"没有。但我觉得肖恩有些反常,"安迪补充说,"他从什么时候开始决定去伦敦与爷爷奶奶同住呢?我想肖恩至少有三年没在夏季去他爷爷奶奶家了。当然,他们通常来意大利。"

太好了!我成功获得了一条信息:肖恩去了他的爷爷奶奶那里,而不是独自一人住在世界各地的漂亮女孩经常光顾的旅馆!

"你知道他爷爷奶奶住哪儿吗?"

"当然知道。"

我翻了个白眼问:"你能告诉我地址吗?"

"如果我想给你,我会马上告诉你。但我认为把肖恩的伦敦地址告诉你对他不公平。"

"你真的是朋友。"我没有掩饰自己的愤怒。但安迪很快回答:"我当然是,是你和肖恩的朋友。正因为如此,我不做间谍。"

现在,我只是被那些自称"朋友"的人包围,就是因为他们把一切告诉了我。"间谍!多沉重的一个词啊。我只是想请你帮我,仅此而已。"我心酸地讲。

"实际上,我对友谊尤其是对尊重的表现,应该来自其他地方,而不是流言蜚语。"

"所以呢?"

"就是说,我想让你知道我的暑期计划。"

"但你不是说你哪儿也不去吗?"

"的确如此。但网络杂志的读者遍布世界各地,所以我有一个想法。你们每个人都可以从国外给我发稿件。不过,不是日记,而是新闻、故事、事件。你在听?"

"我在听,在听。"

"乔治会从旧金山发来他的作品,还有巴塞罗那的路易莎,诺曼底的维维亚纳。你想从伦敦发来你的文章吗?"

"震惊!"我欣喜若狂。

安迪很快就讽刺地反驳:"你追着肖恩跑呢,还有足够的时间完成吗?"

"我会找到的,相信我。"

"时间还是肖恩?"

"时间更容易。"

"**砖巷**①。"安迪说,就像说问答比赛中"抢七"的惯用语一样。

我正要问什么意思,突然明白了,大叫:"谢谢!你是一个真正的朋友。"

然后,就像在动画片里一样,我仿佛看到了印在眼前的标题:这里,伦敦。米娅·玛尔塔莉娅蒂撰写。

撰写第一篇文章

砖巷是伦敦的一条街,位于伦敦东区,因用乐高型砖建造房屋和建筑物而得名。从我到伦敦的第一天起,就打算赶到那里,但是阅读游览指南后,我意识到这条街长达一公里,因为我朋友安迪的知而不言,我没有肖恩爷爷奶奶家的门牌号码。此外,当

---

① 砖巷(Brick Lane),伦敦东区的砖巷是颇具特色的一条街,是英国流行文化的代表,象征了多元、复古和潮流。——译者注

我询问南茜时,她建议我星期天去。

"为什么在休息日去砖巷?"我谨慎地问,尽量不表露我的急切。

"因为周日那里是一个真正的梦幻市场。你想参观那儿吗?"南茜问我。

"好,那我们现在出发吧,今天就是周日。"我说道,得到的却是珍妮的冷眼。南茜姑姑惊讶地说:"但是你们才到!先安顿下来,适应环境。如果我们下星期天去砖巷的话,至少你们能先逛逛伦敦。"

什么意思,我们?我更乐意自己去,顶多是和珍妮一起,而不是和一个爱管闲事的成年人一起。

但此刻,我微露一丝笑意:"你说得对,最好下个星期天去。"

所以,在抵达我此行的真正目的地之前,我花了整整一个星期的时间在学校、城市周边闲逛,从南茜居住的地区开始。由于贴在厨房门后的一张电影海报,珍妮姑姑固执地选择了臭名昭著的诺丁山①。

从未见过。

南茜告诉我们《诺丁山》是一部"非常浪漫"的电影:有一

---

① 诺丁山(Notting Hill),是伦敦西面的一个著名街区,因电影《诺丁山》而蜚声国际。——译者注

位"腼腆、富有情感的优秀书商"（很可能是她喜欢的类型），还有一位"特别漂亮的女明星，是一个坚定但又脆弱的职业女性"（被认为是自己的化身），他们很快坠入爱河，以女明星事业受阻、名誉受损及金钱损失为代价。他们恋情受阻还因为书商是英国人，而女明星是美国人。

我不认为存在难以逾越的文化差异，也许这就像我们谈论一个爱上北方男孩的南方姑娘一样，反之亦然。

简而言之，南茜苦苦找寻，以至于她最后在这个曾经非常贫困，如今又非常时髦的地区购买了公寓。诺丁山地区甚至有一个"小威尼斯城"，即运河两岸排列着酒吧等场所。诺丁山地区还有一条波多贝罗路①，伦敦最有名的街头市场之一就在那儿。简而言之，看来我真的需要关注街头市场。

我们的首次出游是在雨中进行的，雨一直在下，毛毛细雨如一层层针。当我们回到家时，大约六点，我和珍妮身上湿淋淋的，我们马上吃从有机超市购买的糕点。南茜推荐我们去那家超市，从家里的食品可判断，南茜是那儿的常客。晚上七点，当南茜回到家时，我好像进入了冬季，开着暖气，我和珍妮穿着羊毛袜。南茜姑姑建议我们看从网上下载的电影《诺丁山》。

---

① 波多贝罗路（Portobello Road），位于英国伦敦西郊的诺丁山地区，几乎贯穿了整个行政区。这条路更是因伦敦最出名的街头市场闻名。——译者注

"这是我第十次看《诺丁山》,但这并不重要,我喜欢这部电影。"南茜姑姑愉快地说。

对南茜姑姑而言,第十次并不是一种说法,因为她实际已经把电影铭记于心,以至于(几乎)能够做同声传译了。尤其她用生动的声音读某些句子时,就像是她自己在说:"我只不过是一个女孩,站在心爱的男孩面前,我对他所求的,就是要他爱我……"

如果模仿台词呢?

"抱歉,南茜,但你喜欢这样的人吗?"我冒昧地问,指着那没精打采,下巴略长,讲话尤为生涩、笨拙的家伙。

"当然。"南茜回答说,"至少他不是虚情假意或精于算计之人。"

我想南茜之所以单身,是因为她还没有找到向往的温和之人,反而遇到了各种滑头的家伙。

"看起来她是个优秀的接吻者。"珍妮说,但屏幕上的这种亲吻一定是她的偏执故念!

"起码,"姑姑激动地说,"她是这么漂亮。对我来说,朱莉娅·罗伯茨是榜样,我喜欢她出演的所有电影,尤为喜欢《诺丁山》!"然后她向我们透露:"我的头发很光滑,但我会为模仿她而烫发,再就是模仿朱莉娅·罗伯茨的穿衣风格、性格,她是一个有魅力的女人。"

"但电影里的书店真的存在吗?在哪儿?"珍妮问。

"当然存在!"南茜姑姑激动地回答,"你会发现有多少人去那个书店打卡,但它不在波多贝罗路。如果你们想去打卡书店,我给你们地图。我并不是经常去那儿,只是专门研究旅游书籍,从没人知道……"

"你遇得见威廉那样的人吗?"我问。威廉是庸俗的男主角的名字。

"不能。男主角是休·格兰特饰演的,他当时演得太精彩了。但或许能遇见一位讨人喜欢的作家……"南茜叹气。

电影,氛围,暂时不能去砖巷……但当晚,我突然有了写第一篇通讯文章的想法。我入睡前匆匆写下笔记,几近疯狂。然后第二天放学回来,我叫着珍妮一起去布列汉姆·克雷森特街去打卡书店。没有下雨,但阴着天,珍妮看上去恰恰相反。

"去一家书店吗?干吗呀?"

"是电影里的那家书店,我想写一篇文章!"我向她解释。

"哦,你对这些文章很着迷。即使在这儿!你不是为肖恩来伦敦的吗?"

"当然是这样,但我告诉过你,安迪让我……"

"是的,是的,我知道!"珍妮叹了口气,"但我没想到你会马上开始,或许我们在去书店前,先逛逛街,买买东西……我没什么可穿的了。"

"你怎么没有！手提箱里满满的，都是衣服。"

"那些衣服太厚或太薄了，不过你说什么呀？我们要去购物之城，却先去打卡旅行书店①，真不明白！"

正当珍妮抱怨时，我们到达了目的地，站在旅行书店前。我忽略了珍妮仰望天空的白眼，走了进去。这是一个激发灵感的地方！

一到家，我便埋头于南茜提供给我们的二手笔记本电脑。

"你会写很久吗？"珍妮打着哈欠问我。

"不会，"我说谎，因为文章不是一下子就能写出来的，"你想去的时候叫我。"我向珍妮发誓我们去伦敦最负盛名的哈洛德百货②。

"没问题。"珍妮说，一旦她睡着，我会很高兴不用马上回到湿乎乎的外面。事实上，当我去卧室继续打字时，她蜷缩在客厅的沙发上看电视，我可以发誓她正在打盹。

南茜七点回来后，热情地问我们今天去了哪里，我们两个瞥了一眼对方后回答："我们必须完成大量作业，今天只是匆忙地

---

① 旅行书店（Travel Bookshop），电影里孕育了浪漫爱情故事的书店确实存在于诺丁山，叫"旅行书店"。——译者注

② 哈洛德百货（Harrods），世界最负盛名的百货公司，贩售奢华的商品，位于伦敦的骑士桥上，在西敏和肯辛顿之间。——译者注

逛了一下。"

"我明白了。"姑姑说,她对我们的表现有些失望,在她这位世界女郎看来,我们就是a pain in the neck,用意大利语说就是"一对讨厌鬼"。

这里是伦敦

米娅·玛尔塔莉娅蒂

旅行书店。这是电影《诺丁山》中书店的名字,现实生活中真实存在于诺丁山中心。准确地说不是在波多贝罗路142号,那里有一家旧货商店,而是在布列汉姆·克雷森特街13号。很难看到朱莉娅·罗伯茨,但自电影多年前问世以来,这家书店成为人们来伦敦必打卡的,甚至是备受推崇的旅游胜地。

游客会收藏一些印有书店标志的布袋,既有专门印有旅行书店的蓝色布袋,又有画着诺丁山地图的布袋。

旅客试图完成标题为 Been there, Done that (《我去过那儿,做过它》) 黑色或红色的"旅行日记",在纸上填写已参观、完成、品尝等事项,列出最长的桥梁或最美的风景。

与伦敦的所有书店一样,许多人能够在旅行书店与作家见面,每人5英镑,晚上7点开始。至少提前半小时在门口排队,建议预订,因为只有30个座位。在与旅行作家见面时,会提供葡萄酒,就好像读者在作者或朋友家的客厅一样。

正如人们所想，旅行书店不仅出售旅游指南和其他相关书籍，还销售文学作品，因为旅行"是一个文学主题"。书商莎拉向我解释说："通过作家的声音、见证和感受来了解世界。"

是电影的浪漫主义效果倾注进了旅行书店，还是旅行书店激发了这种浪漫主义？我觉得这里有很多关于情感和爱情话题的作品。有一个专门与爱情有关的书架，名叫"爱情旅行指南"，其中不乏《恋人威尼斯指南》。当然，此类书往往会谈到旅行首先是爱上一个地方、一座城市或一本谈情说爱的书，或者是有了一种感觉，使我们追求某人，或遇见一位不曾相识之人。重要的是启航，其余皆有可能。

试图打破壁垒

皆有可能，真机智。

与此同时，我和珍妮像在家一样忙忙碌碌，当我们疲惫地放学回家后，没有贝塔太太准备的千层面，甚至没有妈妈给我做的肉卷。冰箱里装满了酸奶、果酱、果汁以及我们几乎总是点的外卖的一些残羹剩饭，除非我和珍妮决定准备做一盘美味的意大利面。意大利面是从那家有名的像珍珠一样昂贵的有机产品商店购买的。

南茜的单身生活真是可悲！她只是日复一日地工作。如果住酒店，情况就会更好，至少在那儿可以得到服务与尊重，最重要的是会提供体面的早餐和晚餐，而不是在晚上为我们点中国、泰国或印度外卖。

我必须承认我们有些拖后腿。因为南茜本来想出去吃晚饭，但是我们两个人始终拒绝这个提议。因为可怜的姑姑从未七点前回家，通常甚至更晚才回来，她精疲力竭，迫不及待地洗个热水澡，倒在沙发上吃着外卖晚餐。而我们两个人放学吃午餐后沿街道溜达或去博物馆，晚上也就累瘫了。我们并不习惯从地铁的一条线倒换到另一条：我们已经走错了好几次方向。幸运的是我们总是一笑而过，否则我们现在就神经紧张了。

简而言之，到周五晚上，我们已经完成了大英博物馆、威斯敏斯特大教堂、频繁换岗的白金汉宫和伦敦眼等参观计划。与此同时，气温升高，天气变晴，以至于我们出行更容易，让我们得以享受开心的下午时光。比如我们在伦敦眼摩天轮上晃荡，就像幼时在游乐公园的摩天轮上一样。

我有点内疚，因为已经五天了，我甚至都没试着找肖恩。当然，无论我走到哪里，都一直想象能跟他不期而遇。那该是多么美好、令人震惊！如果他在人群中看到我怎么办？当我吃着冰激凌在伦敦眼排队时，或跑出地铁站时，或手拿旅行书店布袋走出大英博物馆的时候？也许他会打电话给我，或者以为见到了与我长得一模一样的人，感到困惑……

啊，我多有想象力！但我不敢打电话给他，只是发送信息，小心翼翼地不告诉他我在哪里。如果他知道我们就隔几英里①的话，不知会怎样！

但我给他写的是："最近怎么样？天气好吗？"我知道天气如何，但想看看肖恩是否说实话。"你玩得开心吗？"他总是这么回复，回避告诉我他的近期状况。这些日子很漫长，我一直在家帮忙，很少外出社交，可我早就知道如此。肖恩写得不像我那么平淡无奇。

关于社交活动，我也可以说几乎是零，直到星期五，周末来临，南茜从工作中解放出来。

实际上，星期五晚上南茜大约八点到家，在快乐时光②时喝醉了。

"抱歉，姑娘们，我虽然今晚不去公司，但是有个约会！"她欣喜地说完，就把自己关进了浴室，之后飞快地跑到房间里，然后这个平日穿着一身黑色"丧服"的她变得豁然明亮起来，好像霓虹灯照在了姑姑身上：饰有亮片的短裙，闪闪发光的耳环，她摘下了眼镜，平底鞋变成了高跟鞋。

"姑姑上钩了。"珍妮在我耳边悄悄地说。

受到南茜热情的带动，我们也换好了衣服，挤进了出租车，

---

① 1英里合1.6093公里。——编者注
② 欢乐时光（Happy Hour），酒吧的减价时段。——译者注

车里充满了南茜从未用过的香水味。我们两个计划去看我之前和珍妮提及的那部著名音乐剧，南茜姑姑为此预订了两个座位，而她则和"一个朋友"共进晚餐。

老实说，我们也很想和她一起共进晚餐，首先是因为我们万分饥饿，其次我们很好奇：那位朋友像休·格兰特吗？

与此同时，南茜告诉我们可以在哪儿吃点什么东西：她给我们指了一条路，我们可以在观看音乐剧之前或之后去那儿，从中式意大利面、墨西哥玉米饼、得克萨斯州鸡翅、炸鱼薯条、薄煎饼中选择吃什么，反正那家始终都是开放的。

"你们介意乘出租车自己回家吗？"南茜问，还没等回答就焦急地继续说，"你们还记得地址吗？有钱吗？出租车站就在剧院前面。或者乘地铁，不，不要地铁，你们发誓要乘出租车。"

我们承诺。然后她的出租车消失了，我们在寻找一家油炸食品店。

星期六早晨，我们很晚才起床。屋子里寂静无声，我们甚至怀疑南茜还没有回来。因此，我们轻声走进厨房，然后珍妮负责去她姑姑卧室门探头查看情况。

"在。"珍妮小声地说，看到我的表情，立即回答，"一个人。"

"这是一个好兆头，还是一个坏兆头？"我低声问。

"怎么，一个女人马上带一个男人回家吗？"珍妮生气地说。我们关上了厨房门,这样就能一边准备早餐,一边不用窃窃私语地聊天了。

"进展顺利吗?"我坚持问,我自己连一场神秘的约会都没有过。

珍妮耸耸肩:"据我了解,姑姑是一个挑剔的人。进展应该不错。"

"我有昨晚的芭蕾舞男演员就够了!"珍妮兴奋地说。

"够了吗?天哪!至少可以说令人心动。"

这时,珍妮盯着我,口气有点责问地说:"如果我干涉了你的隐私,那就对不起了,可你打算什么时候去找肖恩啊?"

在回答前我一直犹豫。实际上,在我内心深处感谢珍妮没有更早地问我这个问题,因为我自己也不敢问,所以我这些日子一直忙忙碌碌,学习,天气,让人疲惫不堪……

老实说,我害怕!

似乎心中的壁垒在一点点抬高,看不见,但很沉重,并充满了焦虑和不安:如果肖恩不想见我怎么办?如果他跟我大吵大闹怎么办?好吧,他从来没那样过,但如果他不高兴怎么办?他感到困扰了吗?如果他身边有另一个女孩呢?他在这些天认识了一个女孩,就像南茜,该怎么办?如果……如果……

所有的这些疑问就像那堵墙的砖头。砖巷首先在我心里,我不知道自己能否过得去那堵墙。

爱的复苏任务倒计时开始

尤利乌斯·恺撒①也曾一度决定渡过卢比孔河并取得了胜利。因此，我也决定去有"福"的砖巷，找回我的爱人。我犹豫耽搁得太久了！

今天是星期天，如同意大利的春天一样刮着大风，阳光明媚。恺撒大帝走过的所有痕迹都被认为是吉祥的。此外，星期六是令人震惊的一天，我们和南茜一起去了几家商场购物，还见到了她星期五晚上神秘的同伴。南茜变了。她像我一样换了数次衣服，还询问我们的意见。她想显得"朴素而不呆板，中年而非处女，成熟而不显老"。

最后，我们三个人筋疲力尽，躺在床上，周围堆满了衣服、鞋子、皮带和围巾，我甚至不合时宜地说了一句："如果他喜欢你，他就不在乎你的穿着。"

"瞧你说的！你都像我父亲啦！"她像弹簧一样跳起来，朝我扔了一件衬衫。那是开战的信号——我们开始互扔胸罩、裙子、T恤、内裤，捧腹大笑。

最后，我们更加果断地穿衣打扮，不再浪费精力：南茜穿着

---

① 尤利乌斯·恺撒（Giulio Cesare），史称恺撒大帝，罗马共和国末期杰出的军事统帅、政治家，并且以其优越的才能成为罗马帝国的奠基者。——译者注

一件弹性T恤、及膝的圆口短裙,扎黑色腰带,脚踩高跟鞋。珍妮和我穿着下午新买的牛仔裤和光滑闪亮的T恤,拿着令人心动的微型钱包,扎着带有花朵和叶子的发圈,戴着在牛津街的一家小型商店淘来的手镯和项链。

我们非常想见南茜的追求者。并不是说我们期待一个酷似休·格兰特的人,但当一个穿着黑色紧身牛仔裤和黑色T恤衫,右臂有文身的家伙出现时,我们瞠目结舌。也因为一身黑的上面没有浓密的棕色或灰色头发,而是一个秃头,留着仁丹胡加山羊胡。那家伙看起来像个警察,也许之前是个运动员,也许是个保镖。但南茜不是喜欢浪漫、愚蠢、害羞的男人吗?

"姑娘们,这是拉蒙!"姑姑大声介绍,高兴得满脸通红。直到那一刻,甚至这个名字也高度保密。

"你们好,姑娘们。"那家伙说,我想他一定是斗牛士,而不是保镖。

"你好。"我们几乎异口同声地用意大利语说,我和吃惊的珍妮向那位可能是斗牛士的大块头伸出了手。

"很可爱,对吧?"南茜用英语与他交流,他嘟囔着,姑姑开心极了,最终向我们介绍,"拉蒙是一位诗人!旅行作家!难道不难以置信吗?"

在我看来,难以置信这词最恰如其分。

"你在伦敦写旅行指南吗?"珍妮从惊讶中恢复过来问。

他用带有浓重西班牙口音的英语回答:"不,我住在这里,有时住在伦敦,有时住在比利牛斯山脉。我不写旅行指南,而是写个人游记。"他含情脉脉地望着哼哼唧唧的南茜:"我从个人感觉出发撰写故事,主要与自然有关。我经常爬山,我是一个登山者,一个自由的登山者,我不知道是否意识到了所见所闻之美……我还讲述简单、朴素、真实的生活。"

天哪,我想。这位先生,真有胆量。尽管有肌肉和文身,但这个家伙由于习惯登山之类的这种生活显得更老。另外,我对作家和诗人有了不同的看法:最好还是不要相信刻板印象。

"你们是怎么相遇的?"我忍不住问。

南茜扫了我一眼,有些兴奋,向我透露:"你们不会相信!我想马上告诉你们,但那样我会错过你们的诧异……你们还没猜到吗?"

"在银行,拉蒙要贷款……"珍妮说着,我轻轻地碰了她一下。

"有了!在书店!旅行书店!"我大叫。

南茜尖叫,先抱了抱我,然后抱了抱她的侄女:"是的,正是如此。"然后又说:"谢谢你们两个,我刚刚重温了那部电影……我周五下班经过那儿,突然灵机一动……读书,有……拉蒙在看书,我们喝了些酒,然后他邀请我共进晚餐……你们给我带来了好运!谢谢!"

我不知道我和珍妮谁的嘴巴张得更大,似乎我们已准备好进行牙科手术。

晚上,姑姑和拉蒙愉快地聊着天,他深情地望着南茜,时不时看我们几眼。但我不确定,因为拉蒙带我们来到了一家灯光暗淡到像墓地里一样的餐厅,几乎看不到吃的菜和旁边的人。但从顾客人数判断,这儿似乎是一个十分受欢迎的地方:他们都仪态高雅,身着紧身衣服且脚踩恨天高的女人,穿着深色西装的男人,所有人的年龄都类似南茜姑姑,甚至还要年长。

简而言之,我们两个是仅有的小女孩。我相信:即使在意大利,如果和像拉蒙这样的"流氓"一起出去,就冲他那深情的目光,那些我一句都不记得的甜言蜜语,我们的同龄人一定会小心提防。这样,晚餐结束后,重复了前一天晚上的剧本:我和珍妮乘出租车回家,不知道他们两个在伦敦的夜晚去了哪里。

星期天早上,我七点半醒来,非常激动。屋子里一片寂静,没有鸡鸣声,但我内心的倒计时开始了!

与作家兼登山者的会面和南茜的恋爱成功使我备受鼓舞,昨晚,我给肖恩发送了一条短信。坦白地说,我已经在下午给他发了一封神秘的邮件,那就是:

明天上午有个巨大的惊喜等着你!

肖恩这样回复我：

好的，我等着。

晚上我这样写道：

明天上午十一点，卡姆登市场。一个意想不到之人会在犹太餐厅前面等你。

这个地方是南茜建议的，离砖巷不远，但不在肖恩住处的街道上。也许肖恩的爷爷奶奶及其他亲戚知道那里，换句话说，在那些让全世界所有人都困窘的情况下，显然，他会多疑地问我：

这个人是谁？我怎样认出她？

我神秘地回答：

她认识你。

因此，约会在今天上午。我十分激动。我像蛇一样滑下床，把自己锁在浴室,洗了个澡,涂上茉莉花香油,用吹风机把头发吹得蓬松飘逸。我尽可能地降低噪声,回到房间,甚至庆幸房间窗户没有遮光板,这样我不开灯就可以挑选衣服。这会儿,珍妮还戴着眼罩继续睡着。

外面的天气逐渐放晴,所以我可以穿裙子和平底鞋。尽管我们上次见面时肖恩批评我穿"迷你裙",但事实并非如此,要知道,那是一条到膝盖的牛仔裙。因此,这次,我明确选择穿夏季短裙和低胸上衣。

我回到洗手间,涂上芳香的乳霜,穿戴整齐,包括鞋子。扯掉了几根眉毛,用南茜的粉底霜遮住了晚上额头上突然长出的该死的粉刺,涂了些睫毛膏与腮红,然后我决定用水洗掉腮红,因为我的脸太红了。我涂上透明的指甲油,直到9点,我才唤醒了珍妮。

"哎呀!"她睁大了眼睛,大叫,"你要去哪里?"

"我会全力以赴。"我悲伤地说。

珍妮跳下床拥紧我:"一切都会好起来的。你真漂亮,让人动心!肖恩定会目瞪口呆,我保证。"

珍妮把姑姑从床上拽起来,她答应陪我们去卡姆登。计划是我踏踏实实地执行任务,而她们两个去逛市场,那是南茜的最爱之一。之后我们互发信息,找地方吃午饭。

我们十点从家出发,我花了三个小时穿衣打扮,听取珍妮的建议，在她的帮助下化了淡妆。珍妮神采奕奕，从头到脚都穿戴着昨天在商场买的东西，包括耳环和手镯。

南茜反而昏昏欲睡，随口就说："抱歉，星期天我通常都睡到很晚才起床。"但她立即补充说，她很高兴陪我们："美好的一天，不能在床上度过，我想看看是否能找到古董钱包……"

出门前，南茜戴着超大的黑墨镜，像是美国女明星朱莉娅·罗伯茨。她散着头发，戴着超大墨镜时与罗伯茨确有几分相似。

坐在地铁里，我一路焦虑不安。

肖恩会来吗？这个问题一直困扰着我，我不得不承认我亲爱的珍妮的敏感性，她通过聊天、问题、评论、笑话来分散我的注意力。

最后，我们出了地铁口，心脏开始猛烈跳动。我不知道我能否坚持活到十一点。离约会地点只有几百米远时，珍妮和南茜小心翼翼地离开我，她们拥抱亲吻着我，活像亲人要上战场前的告别！

因此，我想，木已成舟。幸运的是我没有大声说出来，否则我会沦为笑柄。

完成任务

但那家餐厅在哪儿？我环顾四周，害怕走错。南茜说得很清楚:"往前走,在右手边,你马上就会看到它,用希伯来语写的。"但我不懂希伯来语!好吧,我去问问别人,我安慰自己。

同时,我朝着这个命中注定的地方继续前进。

在南茜提供的地址周围,有像乡下路边随意摆放在人行道上的几张桌子。但正当我心里做这番思考时,发现肖恩正坐在一张桌子旁边……

天哪!是他!

肖恩本人!

此外,当我往那儿走时,肖恩正看着我,我努力不跟跄、打滑或崴脚,不羞愧逃跑!

即使我的心像鼓一样怦怦直跳,我还是鼓起勇气微笑着。实际上,我从容地挥了挥手。我只是希望我的腿不要让我失望,我不希望两腿打弯并倒在地上。不,我不允许自己这样,我感觉肖恩一直看着我。

而那边,肖恩不动声色。他保持坐姿,尽管没有被粘在椅子上。当我抬手时,他也抬起了手,但只是稍稍一抬。然后我明白了肖恩不动的原因:他目瞪口呆。当我离他只有几米远时,他突然站起来,导致桌子摇晃,玻璃杯掉落。

"嘿!"我轻松自如地打招呼,"小心!杯子要掉到你脚上了……"

我没能说完,因为肖恩把我搂在怀里,以至于我所有的焦虑、恐惧、羞耻,以及这么多天里堆积的千头万绪的烦恼,都消失、蒸发了,我在他怀里,比以往任何时候都安全、坚强、幸福。

这是我第一次挣脱他的怀抱:毕竟,我们是在人行道上,在一个挤满人的酒吧前!但是他把手放在我的肩膀上,紧抓着我双肩,问道:"真的是你吗?你是真的吗?你是怎么来这儿的?"

"嗯……惊喜!"

"哦,不,魔法!"他叹了口气。

我思绪横飞。周围的一切都消失了,我突然被转移到别处,一个柔软、甜蜜、温暖、热烈的地方,我全身上下每个部分都因喜悦而颤动,我想永远留在那里。

遗憾的是,不能。我坐在桌子旁,冷得我打战,以至于我穿上了外套,肖恩很体贴地问我:"你冷吗?我们进去?"

"不,不,我很好。我可以点什么?"我问,声音有点颤抖。我还是觉得一团糟,我好久没见肖恩了,他很帅气!毫无疑问,他绝对是世界上最帅气的男孩,现在,他和我在一起。

"我在想,尽管……你现在英语说得很好吗?"肖恩问,他的声音也有些颤抖。

"没有,我正在提高英语水平,这是我来找你的借口。"

"真的,来找我吗?"他问。当然,这个理由很难使人信服。

"是的,只是来找你,这是我的周年纪念日礼物……虽然有点晚了。"这一刻,我甚至流下了眼泪。人一激动,绝非玩笑!

他握住我的手,眼睛湿润:"米娅,你真不可思议!这是你送我的最好的礼物!"

显然,我们开始一起抽泣。幸运的是,肖恩恢复过来,告诉我:"之前当我看到你来时,我感觉自己在做梦!我告诉自己:'不可能是她。'"

我立刻笑着说:"但……"

"我原以为会是你的一位朋友,她来伦敦度假,捎带着你给我的信件、包裹,但没想到是你本人……你真漂亮!"

我满意地笑着。但我有一个疑问:不管怎样,谁知道肖恩之前在酒吧监视了多久。"你等了很久吗?"

"半小时。我想在那个神秘人之前到达。"他含情脉脉地盯着我。

但我总是有点苦恼:"为什么?你为什么要这么早来这里?"

他的微笑能迷倒一大堆女孩:"你还不明白,嗯?我内心深处希望、渴望你能来。"

"但没有惊喜!"我失望地说。

"你在开玩笑吗?你令我心动,令我目瞪口呆!"

"这就是你一直坐着的原因?"我坚持问,因为我很喜欢肖恩对我说的甜言蜜语,永远都听不够。

"一枪,砰!我看见这个漂亮的女孩走近:是你!见鬼!你穿超短裙真好看。"

现在我们说到点儿上了。

我甚至不知道肖恩点了什么,他招呼那个女孩,端上了一大杯,我小心翼翼地尝了尝,是柠檬水。

"你不知道我在伦敦有多寂寞。我自问能在爷爷奶奶家做些什么,就像小时候那样。我以为你在海边度假,消遣,我都快疯了。"

"怎么会!"我惊呼。尽管我很高兴听他说他感到孤独,但我不禁反驳:"你在伦敦!在伦敦最美的地区之一生活,实际上最美的地区!"

他笑了。我发誓如果他再笑一次,我会溶解在柠檬水里。"但是,你知道直到三十年前这片区域非常肮脏吗?这里是伦敦的slums!"

"什么是slums?"

"非常贫穷、落后的棚户区。"

我不知道要说什么。也许有些夸张,在我看来这儿很美:灿烂的一天,一切都是崭新的、多姿多彩的、生机勃勃的。

"对我的爷爷奶奶来说,这很难。现在的房子非常漂亮,砖巷是个奇妙的地区,有许多学生和艺术家住在这儿。但奶奶总是说，当她年轻时，从印度来到伦敦，令人震惊，英国人是可怕的种族主义者。"

我突然僵住了，我不知道是不是柠檬水太凉的缘故。"这就是你父母住在意大利的原因吗？"我问。我意识到这是我们第一次谈论他的家人以及肖恩在意大利出生的原因。

"当然。实际上我的爷爷是英国人，奶奶是印度人。似乎这是一个复杂的故事。父亲毕业后离开了伦敦，意大利是他的梦想之地，他在那儿学习古典艺术。"

"你父母那时结婚了吗？"我问，这一部分最令我感兴趣。

"他们是结婚后离开敦伦的，父亲在米兰的一家英国拍卖行找到了工作，母亲则开始教英语。"

"种族主义这个事在意大利也不是开玩笑的。"我皱着眉头说。

"但母亲从来没有抱怨过。她说小时候在英国遭遇的情况更糟，因为她是索马里人。"

肖恩转过头，悲伤地看着我。到目前为止，我从未想过他的出身与我如此不同。幸亏他的父亲选择在我出生的地方生活，幸亏我遇见了肖恩，否则我就得满世界找他。因为我非常确定我们会相遇。

"但现在情况发生了变化。"也许看到了我忏悔的表情。

"你的父母不想回伦敦吗？"我担忧地问。

他握住我的手:"不,别担心。他们在意大利生活得很开心,我不会搬走,除非……"他需要扣人心弦的停顿来引起我的注意。真机灵。

"除非?"我问,如果他再微笑,我会晕倒。

"除非我必须跟着你!"

天哪,多么浪漫!多么甜蜜!我真的要毁掉这个完美的时刻吗?是的,我必须这样做,因为必须有一个解释。

"虽然你这么说,但实际上你逃走了,"我皱着眉,"我们最后一次见面真是太糟糕了。"

微笑逐渐消失。"抱歉。"肖恩想了片刻补充说,"我有我的理由。"

"好吧,我们的周年纪念日,是我忘记了我们的周年纪念日,这太恶劣了……"

"不仅如此,"肖恩打断了我,脸色十分阴沉,"关于朱利安……"

我翻着白眼:"这与朱利安有什么关系?"

他尴尬地低着头:"他们告诉我你们在洗手间……与爱情有关。"他的声音再次颤抖,但这次显然肖恩对可怜无辜的朱利安有些愤怒。我不敢相信!

"的确,我们在学校洗手间见面,要知道一切都在监视下,他不得不像间谍电影中那样打开水龙头,但是……那么!谁告诉你这样的谎言的?"我愤怒地问。

"没有,谣言……有人在学校……"他搪塞着,继续看着别处,但我没有放弃:"不,你现在必须告诉我!你也相信了。我这些天浑浑噩噩,你太糟糕了……"我快要哭了,肖恩抚摸着我的头发,向我道歉,十分羞愧。

但那个开始这样聊天的恶人是谁?

"那么,请你告诉我是谁。否则我会离开,这次叫你再也见不到我。"我威胁道,希望这句话有用。

"都是我的错,"肖恩承认,"安迪告诉我,你在洗手间采访的朱利安,我也没细想,谁知道我在想什么。而且你一直为这个朱利安辩护,我的一个同学说你们之间肯定有事,另一个同学指出一个女孩对这件事如此上心……还有,在我们的周年纪念日那天,你和他的父母在外面一起吃午餐……"

我呆滞地看着他:"就是说,你是基于某些……臆想推断吗?"我不知做何反应,但似乎一个足以打倒肖恩的词就这样脱口而出了。

这次,他直视着我:"我不想责怪他人,但我真是个傻瓜。"

"你是在告诉我……全是你自己想的?"

"我吃醋了。"他最终坦白道,再次垂下眼睛。

现在我应该感到高兴,但我很伤心。一切大惊小怪都是虚无!正如肖恩经常说的那样,把话说清楚。但他一点也不信任我。我保持沉默，撤回了手。

"我错了，也许因为学习压力太大，我做得过分……"他垂着眼对我说，"我厌恶我的行为。"

"一点点。"我承认。

"但是我知道自己错了。"肖恩承认。但在这一点上，我确实必须指出，如果我不采取行动，也许他还在胡思乱想。

"你是今天见到我时知道错了，还是之前就知道了？"我坚持问。

这时，他从牛仔裤裤兜拿出几张折叠的纸："看，这是我写给你的信……我想向你解释……"

"啊，你想什么时候寄给我？"

"今天。但是你抢在了我前面。"

肖恩真诚地看着我。

"我能看吗？"我有些期待。

"如果你愿意，但我认为那都是疯子的胡言乱语。"肖恩羞愧地说。

谁知道呢？如果我们用电话交谈，我会更加痛苦，坚持自己的说辞，再三恳求，总而言之，我会把事情弄得一团糟。因为有点嫉妒对我们也有好处，但是吃醋太多了就会摧毁一切。

肖恩用手捂住了脸："我看起来像个傻瓜。"

我握住他的手，已经原谅了他："你不再神圣，只是肖恩。"

他看着我，一时没反应过来，之后他点点头，大笑。我想，这更多是为了让我开心，而不是确信。

从完美的巅峰跌落下来很痛苦，但之后我们会发现这不是跌落，而是在他人怀中的软着陆。

结束文章

与肖恩一起在伦敦度过的第二个星期对我来说是妙不可言，虽然我每天都要上学。我们一般在下午见面，有时候在晚上，就像在家时一样。我们有一大堆事情要做，肖恩几乎无所不知！另外，珍妮经常和我们一起出去，即使起初她似乎很不情愿。

"我不想让人讨厌，不想给人当灯泡。"珍妮愤怒地说。怎么能怪她？如果我站在她的角度，也会是同样的反应。但留她只身一人我很遗憾，在我看来对珍妮很不公平。她是我最好的朋友，而且首先是她陪我执行了最棘手的任务！

因此，在跟肖恩提起这件事后，他决定组织起他堂姐妹（一个与我同龄，另一个比我大）及她们的朋友，以便结成一个小组，一起出游。对于珍妮而言，这是一种慰藉，而且她马上就与艾莉结成小团伙。艾莉跟我们同龄，有轻微的时尚瘾，完美地带领珍妮转遍大卖场的所有门店。

假期最终启动了。

但我也记得安迪的任务。我前段时间写的那篇关于诺丁山的文章有些枯燥无味。总之,有必要添加另一篇更酷的文章。那么,有什么比惊艳的海盗之夜更适合呢?由于对珍妮的承诺,我们所有人都去了约翰尼·德普电影的首映式,这是真实的经历。但由于我现在是一名记者,所以我将在文章中详细介绍这一经历。因此,请看:

这里是伦敦

米娅·玛尔塔莉娅蒂

必须去伦敦首映式才能体验表演中的表演。

滑铁卢的IMAX电影院是一座大型环状建筑,拥有世界上最大的屏幕。这是一座圆柱形建筑,全部由玻璃制成,就像一种巨大的单片眼镜,在夜晚变成彩色灯塔,完美地容纳加勒比海盗的幻影船。实际上,作为欧洲首映,该传奇的最后一部片子将在这个大厅放映。

人们从午后开始等待演出。如今,该传奇的第五部问世,其众多粉丝装扮成18世纪的海盗,以至于南岸①似乎被带回了过去,回到了过去几个世纪无可争议的海洋霸主伦敦。

观众毫不犹豫地夸张打扮:眼罩、木腿,甚至烂糟糟的牙

---

① 南岸(South Bank),是位于伦敦滑铁卢的一个区域。——译者注

齿、脸上的疤痕，这是电影长时间大量化妆工作的标志。有人甚至带着一只站在肩膀上的鹦鹉，另一个人手里捧着一只小猴子，但遭到了一群动物权益保护者的责骂，被迫将小猴子带回自家或动物园。无论如何，动物禁止进入电影院，鹦鹉也不再有任何踪影。

约翰尼·德普预计将于18：30出现在这座宏伟的电影院门口（铺了好莱坞风格的红地毯），在他到来之前，一位谨慎的杰克·斯帕罗①绕着广场走来走去，重复着电影台词或插曲。但这不是一个载歌载舞、喧嚣欢快、人山人海的狂欢节。

《加勒比海盗》的观众十分有秩序，在大厅入口处规规矩矩地排队，每个人手中都拿着自己几周前预订的电影票。

当然，当宣布约翰尼到来时，气氛更加热烈：影迷们沿着围着红地毯拉起的警戒线聚集，在前排随时准备按下闪光灯的摄影师后面站着。这位大腕如同影片里的人物一样到达，从一辆硕大的黑色高级汽车下来，双手高高举起以示问候。他停下，冲摄影师微笑，与粉丝们打招呼，此时尖叫声划破了平静的伦敦夜晚。每个人都喊着："我爱你！"这位帅气的男明星在尖叫声中挽着善解人意的漂亮法国伴侣——真正的杰克·斯帕罗和他穿着超级

---

① 杰克·斯帕罗（Jack Sparrow），美国魔幻冒险电影《加勒比海盗》系列中的男主角。在该系列电影中，杰克·斯帕罗是一名纵横四大洋的传奇海盗（九大海盗王之一）。——译者注

时尚的阿玛尼长裙的女友凡妮莎,他们天生一对。

屏幕确实令人惊叹,而且观看电影是一种多感官体验。当暴风雨来临时,周围的一切都在晃动,以至于我们真的感觉自己进入了电影情境,以为自己倒在上下颠簸的船里。

我们所有人都像希腊合唱团一样随着剧情惊呼,尖叫,叹息,颤抖,鼓掌。

幸运的是,我们可以握紧同伴,不会被椅子的扶手分开;还有为朋友和情侣提供的双人座。现在,我们置身于刀光剑影、震耳欲聋的爆炸声、雷鸣声、巨浪和无处不在的幽灵的冒险中。或许两个人更好逃命。

电影的结尾,掌声雷动,德普从椅子上站起来,他从容地观看了整个放映,尽管这或许是他第一百次看到自己跳上甲板。他微笑着向大家打招呼,散发出迷人的魅力并感谢观众的热情。有点像好莱坞剧本,人们用欢声笑语和热烈的掌声迎接诙谐的对话。最后,这个性感的男人赞扬了妻子的耐心和亲密陪伴,支持着银幕外的杰克·斯帕罗。粉丝们又欢喜又失落,这个恋爱中的男人甚至会炫耀亲吻他的妻子。

大厅里灯火通明,大家涌出彩色灯塔,它整夜亮着,在阴暗、充斥着雨水的天空里散出欢快明亮的光芒。

结语

在称自己为真正的记者之前,我还有很多事情要做。

如果说我在这几个月里明白了一件事,那就是要成为一名记者,写一篇好文章是远远不够的。你必须以耐心、正直、顽强、坚韧的精神从事这个职业,学会从研究和激情中获得经验。总之,仅仅想要成为记者还不够,如果你想成为严肃和受人尊敬的专业记者,就必须努力工作。

尽管如此,我并不是说我低估了记者这一职业,恰恰相反。

只是我再一次意识到,对我来说重要的不仅是新闻,还有它周围的一切。我喜欢讲述人物和情况,构建场景,重温自己和他人经历过的情感。

当我进行调查或采访时,我忍不住把一切都写下来。除了简单的文章外,还写了很多,因为我就是这样的人。

我也许是个记者,但绝对是个作家。

结果可见,当我尝试用专栏语言写作时,我日复一日地完成了这本书。这不是我的传记,而是我生命中的重要组成部分,里面有所有对我而言最重要的人。是他们促使我让我通过他们的性格、看法、想法、行为,讲述他们做的事情和所发生的事情。

写作也是爱别人吗?在我看来,是这样。

我不能确定,创作一部小说与报道人们真实的事实、故事哪个更好——因为这是两种不同的形式。需要知道如何使用这两种方式,或者更确切地说是"掂量":一方面是想象力更多,另一方面更多的是概括和事实。也许只是个大概,但我觉得我有充分的理由。

我仍有很多东西要学。

致谢

非常感谢记者朋友劳拉·蒙塔纳里(Laura Montanari),她是第一个阅读这本小说初稿的人,并给了我一些必不可少的建议。

在第一本书《我想当个小作家》获得成功之后,感谢马特奥·法莉亚(Matteo Faglia)鼓励和支持我撰写"米娅·圆梦系列"的新续集。

感谢凯瑟琳(Caterina)让我使用她的姓氏。

感谢我亲爱的读者,没有他们,这本书就不会存在。